U0102792

我希望有个如你一般的人

如山间清爽的风　如古城温暖的光

从清晨到夜晚　由山野到书房

只要最后是你　就好

I BELONGED TO YOU

I BELONGED TO YOU

张嘉佳 ^著

从你的全世界路过

修 订 本

湖南文艺出版社
TSULIN LITERATURE AND ART PUBLISHING HOUSE

博集天卷
CS-BOOKY

她要走了，只能抱抱他的影子。可能这是他们唯一一次隆重的拥抱

白天你的影子都在自己身旁，晚上你的影子就变成夜，包裹我的睡眠

世事如书，我偏爱你这一句，愿做个逗号，待在你脚边

但你有自己的朗读者，而我只是个摆渡人

从你的

全世界路过

I BELONGED
TO YOU

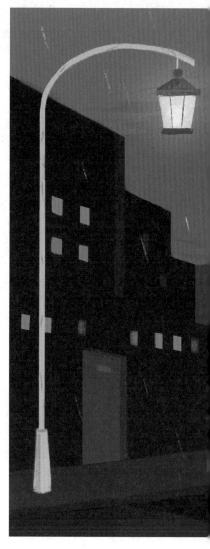

难过的时候，去哪里天空都挂着泪水

后来发现，因为这样，所以天空格外明亮

明亮到可以看见自己

过自己想要的生活，上帝会让你付出代价

但最后，这个完整的自己，就是上帝还给你的利息

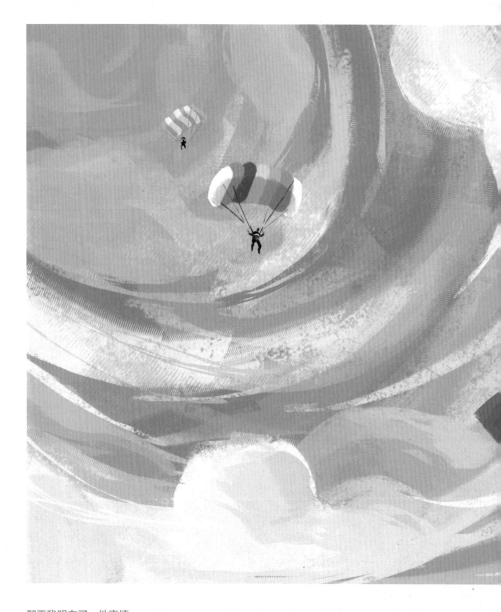

那天我明白了一件事情

最大的勇气，就是守护满地的破碎

然后它们会重新在半空绽开，如彩虹般绚烂

携带着最美丽的风景，高高在上，晃晃悠悠地飘向落脚地

不管他们如何对待我们

以我们全部都将幸福的名义

从你的

全世界路过

I BELONGED
TO YOU

偶尔梦里回到沙城

那些路灯和脚印无比清晰，而你无法碰触

一旦双手陷入，整座城市就轰隆隆地崩塌

把你的喜笑颜开，把你的碧海蓝天

把关于我们之间所有的影子埋葬

如果你不往前走，就会被沙子掩埋

所以我们泪流满面，步步回头，可是只能往前走

哪怕往前走，是和你擦肩而过

从你的
全世界路过，
翻山越岭，
才翻到末篇，
希望有个如你
一般的人，
入夜安眠。

May people dream of stars
that never fall when they are asleep,
and may people think of poems
they read when they are drunk.

读过睡前故事的人会知道，这将是一本纷杂凌乱的书，

像朋友在深夜跟你的叙述，叙述他走过的千山万水。

这个朋友就是我。

故事里，形形色色的主人公到处串场，转身却又不见。

那么多篇文章，有温暖的，有明亮的，有落单的，

有疯狂的，有无聊的，也有莫名其妙的，

还有信口乱侃、胡说八道的。

你可以每天读几篇，或者按自己的心情来。

当你辗转失眠时，当你需要安慰时，

当你等待列车时，当你赖床慵懒时，

当你饭后困顿时，应该都能找到一篇合适的。

我希望写一本书，

你可以留在枕边、放进书架，

或者送给最重要的那个人。

我认为这本就是了。

当然，如果你读完，觉得没有一页是具有价值的，

丢进垃圾篓我也不会介意。

因为我没有办法赔给你。

从你的全世界路过，随便打开一篇就可以了。

目录

Contents

序

我从一些人的世界路过，一些人从我的世界路过。

陆陆续续写了许多睡前故事，都是深夜完成。它们像寄存在站台的行李，有的属于自己，有的属于朋友，不需要领取，于是融化成路途的足迹。

但我觉得它们很漂亮。一旦融化，便和无限的蓝天白云不分彼此，如同书签，值得夹在时间的罅隙里，偶尔回头看看就好。

其实这本书中，一部分连短篇都算不上，充其量几笔涂鸦。但我知道，它们能给喜欢的人一点点力量，一点点面对自己的力量。

因为在过去的岁月，我们都会想去拥有一个人的全世界，可是只能路过。

满城的雨水，模糊的痕迹，呆呆伫立一步也不想往前。哪怕等待，认真守护每个路口，最后却发现对方已经不在这里了。

这些并不可怕。所有人的坚强，都是柔软生的茧。

我想告诉你，坐会儿，喝一杯，或者看看风景，然后就继续往前吧，以我们必须幸福的名义。

如果，从你的全世界路过，那么，我就在终点等你。

第一夜

The first night

初恋　　从你的全世界路过

从你的

全世界路过

从你的全世界路过

一个人的记忆就是座城市，
时间腐蚀着一切建筑，
把高楼和道路全部沙化。
如果你不往前走，
就会被沙子掩埋。

所以我们泪流满面，步步回头，
可是只能往前走。

1

听歌，像私人的时代记录。在你丢弃的陈旧电脑中，曲库反复循环的那首，应该陪伴了最阴冷的时光。

2004 年，搭乘大巴，从北京回到南京，租了青岛路的一间地下室，心灰意冷再也不想劳动。二手笔记本喇叭很差，所有歌手都在破音。我每天捧着它打牌，一打十几个钟头，不分晨昏。但我技术太差，毫无章法可言，唯一的优势是打字快，甚至创造了自己的战术，叫作废话流。

　　一发牌，我就在聊天框里跟玩家说话："赤焰天使，好久不见，你娘舅最近身体好吗？""天使不是白的吗？出门在外带什么赤焰，会炖熟的，年纪轻轻，过日子要小心。""咦，你叫毛茸茸啊，多大面积毛茸茸的？""毛茸茸你好，帮帮我可以吗，我跪着打牌的，你给我垫一下，我膝盖肿肿的呢……"

　　结果很多玩家忍无可忍，啪啪啪乱出牌，骂一句"我去你大爷的"就退出了。这样我靠打字赢了打牌，赚到胜率75%。后来慢慢不管用，我又想了新招。

　　我在对话框里讲故事。

　　系统发牌，我打字："从前有个神父，他住的村子里最美的姑娘叫小芳。突然小芳怀孕了，死也不肯说是谁的孩子。村民就暴打她，要将她浸猪笼。小芳哭着说，娃是神父的。狂暴的村民一起冲进教堂，神父没有否认，任凭他们打断了自己的双腿。过了二十年，奇迹发生了。"

　　然后我就开始打牌，对话框里一片混乱，其他三个人在号叫："我弄死你啊，发生了什么奇迹！娃到底谁的，神父疯了吗！你妹的，老子不打了，你讲话能不能完整点儿？"

　　辛勤耕耘，我的胜率再次冲到80%。

　　废话流名声大震，还有许多人来拜师。我一看胜率都在50%以下，头衔全部还是"赤脚"，冷笑拒绝。

　　正当我骄傲的时候，跟我合租的茅十八异军突起，自学成才。

　　这狗东西太无耻，他发明的属于废话流分支：诅咒术。比如，大家好端端地在打牌，茅十八发出一行字："大慈大悲普度众生观世音菩萨，圣洁的露水照耀世人，明亮的目光召唤平安，如果你想自己的父母健康，就请复述一遍，必须做到，否则出门被车撞死。"

我能想象，他的对手在电脑前的表情，打个牌打出了生命危险，应该在预料之外。

当时强迫转发还不流行，被他这么一搞整个棋牌间里一片手忙脚乱，人人无心计算。一局没打完，他已经依次请过太上老君、耶和华、圣母马利亚、招财童子、唐明皇、金毛狮王谢逊、海的女儿……

我输了。

茅十八这人生活中安静沉默，连打电话都基本只有三个字："喂。嗯。拜。"他成为废话流宗师，让我瞠目结舌。

2

我跟茅十八的友谊一直维持着，2009年一块儿自驾去稻城亚丁。他带着女朋友荔枝，开到冲古寺，景色如同画卷，层峦叠嶂的色彩扑面而来。

我知道茅十八的打算，他紧张得发抖。

他跪在荔枝面前，说："荔枝，你可以嫁给我吗？"

才一句话，刚过逗号，他就哽咽了。

荔枝说："怎么求婚也不多说几句，你真够惜字如金的。"

茅十八一边抽泣，一边说："荔枝，你可以嫁给我吗？"

荔枝说："好的。"

茅十八给荔枝戴戒指，荔枝偷偷擦了擦眼泪。我和其他两个朋友冒充千军万马，声嘶力竭地欢呼打滚。

2010 年荔枝生日，茅十八送的礼物是个导航仪。大家很震惊，这礼物过于奇特，难道有什么寓意？

茅十八羞涩地说，他鼓捣了一个多月，把导航仪的语音文件全部换掉了。我兴奋万分，逼着荔枝开车，一起检验茅十八的研究成果。

这一尝试，我彻底回想起地下室岁月，茅十八称霸废话流的光荣战绩。

在开车兜风的过程中，导航仪废话连篇，带着南京口音："完蛋，前面有摄像头。这盘搞不定喽，找不到你想去的地方。大哥你睡醒没有，这地址错的啵？"

突然等一个红灯，导航仪里茅十八严肃地说："手刹还拉好了？万一倒溜怎么办？你不要按喇叭，按喇叭搞什么啊，前头是个活闹鬼的话马上来干你，你又干不过他，老老实实等不行吗，哦，你没按喇叭，算老子没讲……"

大家乐不可支，荔枝笑得扶着脑门，说："你平时不吭声，怎么录音啰唆成这样？"

茅十八说："上次去稻城，你不是嫌导航仪太古板，不够人性化吗，我就改装了一下，以后开车你就不会觉得无聊了。"

荔枝拿起导航仪，随便一按，导航仪尖叫："你不会是想关掉我吧，老子又没犯法，你关，你关，回头老子不做导航仪了，换根二极管做收音机，你咬我啊……"

所有人叹服。

3

2011 年，茅十八和荔枝分手。

荔枝把茅十八送她的所有东西装个盒子，送到我的酒吧。

我说："茅十八还没来，在路上，你等他吗？"

荔枝摇摇头，说："不等啦，你替我还给他。"

我说："他有话想和你说的。"

荔枝说："无所谓了，他一直说得很少。"

我说："荔枝，真的就这样？"

荔枝走到门口，没回头，说："我们不合适。"

我说："保重。"

荔枝说："保重。"

那天茅十八没出现，我打电话他也不接。去电子城找到他的柜台，旁边的老板告诉我，他好几天没来做生意了。

过了段时间，在一家小酒馆偶尔碰到，他喝得很多，面红耳赤，眼睛都睁不开，问我："张嘉佳，你去过沙城吗？"

我想了想："是指敦煌？"

他摇头说："不是的，一座奇怪的城市，里面只有沙子。"

我说："你喝多了。"

他趴在桌上睡着了。

那是他在这座城市喝的最后一杯酒。

4

就这样，荔枝的纸箱子放在我的酒吧，茅十八从来没有勇气过来拿。

有天店长坐我的车回家，拿个导航仪出来玩，我看着眼熟，店长撇撇嘴说："乱翻翻到的。"

她一开机，导航仪发出茅十八的声音："老子没得电了你还玩。"

吓得店长鸡飞狗跳，说见鬼了，抱头鼠窜。

我打电话给茅十八："喂，东西要不要？"

茅十八沉默了一会儿，说："不要了，明天回老家泰州。"

我说："回去干吗？"

茅十八说："家里在新城商业街替我租个铺子，我回去卖手机。"

我忽然心里有些难过，不知道应该安慰，还是鼓励，刚想挂手机，茅十八说："卖手机挺好的，万一碰到个年轻貌美的姑娘，成就一段姻缘，人生美满。"

他自己笑了一下，那声轻轻的笑，带着说不清的疲惫。

我说："你加油。"

茅十八说："保重。"

我说："保重。"

5

2012 年 8 月，我心情糟糕，开车往西，在成都喝了顿大酒，次日突发奇想，打算去稻城看看。

虽然只有一个人，但开着导航仪，沿途听茅十八的絮絮叨叨，一会儿"跑那么快作死，掉沟里面我又不能帮你推"，一会儿"一百米后左拐了，他娘的你慢点儿"，倒也不算寂寞。

我觉得茅十八真是天才，电量报警亮红灯，导航仪疯狂地喊："老子没得电了老子没得电了，你给老子点儿电啊！"

我差点儿笑出来，赶紧插电源。

翻过折多山、跑马山、海子山、二郎山，想看牛奶海和五色海的话，要自己爬上去。我觉得很累，于是带着导航仪徒步，驻足冲古寺。绿的草、蓝的水、红的叶、白的山，我看着这一场秋天的童话发呆。

导航仪突然"嘟"的一声响了。

那声音不再带着方言，而是字正腔圆，是茅十八努力地说着普通话，被我们嘲笑过的普通话。

从第一句话开始，我拿着导航仪的手，就不停颤抖。

茅十八说：

"荔枝，你又到稻城了吗？这里定位是冲古寺，我向你求婚的地方。抵达这个目的地，我就会对你说：因为是最蓝的天，所以你是天使。你降临到我的世界，用喜怒哀乐代替四季，微笑就是白昼，哭泣就是黑夜。

　　"我喜欢独自一个人，直到你走进我的心里。那么，我只想和你在一起，我不喜欢独自一个人。

　　"我想分担你的所有，我想拥抱你的所有，我想一辈子陪着你，我爱你，我无法抗拒，我就是爱你。

　　"荔枝，我在想，当你听到这段话的时候，是我们结婚一周年呢，还是带着小宝宝自驾游呢？

　　"我站在那一天的天空下，和今天的自己，一起对你说，荔枝，我爱你。"

　　听着导航仪里茅十八的声音，我的眼泪涌出眼眶。

　　那一天在云影闪烁的山坡上，草地无限柔软，茅十八跪在女孩前，说："荔枝我爱你。"

　　今天在云影闪烁的山坡上，草地无限柔软，茅十八的影子跪在女孩的影子前，说："荔枝我爱你。"

　　这里无论多美丽，对茅十八和荔枝来说，都已经成为沙城。

　　一个人的记忆就是座城市，时间腐蚀着一切建筑，把高楼和道路全部沙化。如果你不往前走，就会被沙子掩埋。

　　沙城，不在任何一个地方，它只是你的记忆。

　　偶尔梦里回到沙城，那些路灯和脚印在视野中逐渐清晰，而你无法碰触，一旦双手陷入，整座城市就轰隆隆地崩塌。把你的喜笑颜开，把你的碧海蓝天，把关于我们之间所有的影子埋葬。

如果你不往前走，就会被沙子掩埋。所以我们泪流满面，步步回头，可是只能往前走。

哪怕往前走，是和你擦肩而过。

我从你们的世界路过，可你们也只是从对方的世界路过。

哪怕寂寞无声，我们也依旧都是废话流，说完一切，和沉默做老朋友。

猪头的爱情

我大醉，想起自己端着泡面，
站在阳台上，看校园的漫天大雪里，
猪头打着伞，身边依偎着小巧的崔敏，
他们互相依靠，一步步穿越青春。

四个大学室友，睡我上铺的叫猪头。

到了盛夏时分，天气太热，压根儿睡不着。

宿舍的洗手池是又宽又长一大条，猪头热得受不了，于是跑过去，整个人穿条裤衩横躺在洗手池里。凉水冲过身体，他心满意足地睡着了。

结果同学过来洗衣服，不好意思叫醒他，就偷偷摸摸地洗，冲洗衣服的水一倒，沿着水池差点儿把猪头淹没。

猪头醒过来之后，呆呆照着镜子，说："咦，为啥我这么干净？"

猪头想买好用的电风扇，但身上钱不够。他买沓信纸，写了篇小说，投稿给《故事大王》，打算弄点儿稿费。

他激动地将稿子给我看，我读了一遍，肝胆俱裂。故事内容是男生宿舍太肮脏，导致老鼠变异，咬死了一宿舍人。

他问我怎么样，我沉默一会儿，点点头说："尚可，姑且一试。"

稿子被退回来了。

猪头锲而不舍地修改，改成男生宿舍太肮脏，导致老鼠变异，咬死了来检查卫生的辅导员。

稿子又被退回来了。猪头这次暴怒，彻夜不眠，改了一宿，篇幅增加一倍。

这次内容是，男生宿舍太肮脏，导致老鼠变异，咬了其中一个学生。学生毕业后成了《故事大王》的编辑，虽然明明是个处男，却得梅毒死了。

稿子这次没被退，编辑回了封信给他，很诚恳的语气，说："同学，老子弄死你。"

猪头放弃了赚钱的梦想，开始打游戏。他花三十块钱，从旧货市场买了台二手小霸王，打《三国志2》。

他起早贪黑地打，一直打到游戏卡出问题，居然生生被他打出来六个关羽、八个曹操。

那年放假前一个月，大家全身拼凑起来不超过十元。于是饿了三天，睡醒了赶紧到洗手间猛灌自来水，然后躺回床位保持体力，争取尽快睡着。

第四天大家饿得哭了。

班长在女生宿舍动员了一下，装了一麻袋零食，送到我们这儿，希望我们好好活着。当时我们看着麻袋，双手颤抖，拿起一根麻花送进嘴里，泪水横流。

靠麻袋坚持三天，再次陷入饥饿。我记忆犹新，后半夜猪头猛地跳下床，其他三人震惊地盯着他，问："你去哪儿？"猪头说："我不管我要吃饭。"我说："你有钱吃饭？"猪头擦擦眼泪，步伐坚定地走向门口，大喊："我没有钱，但我不管我要吃饭。"我们三人登时骂娘，各种恶毒的话语，骂得他还没走到门口，就转身回床，哭着说："吃饭也要被骂，我不吃了。"

清早猪头不见了。我饿得头昏眼花，突然有人端着一碗热汤递给我。我一看，是猪头，他咧着嘴笑了，说："我们真傻，食堂的汤是免费的呀。"

全宿舍泪洒当场。

猪头喃喃地说："如果有炭烤生蚝吃该多好呀，多加蒜蓉，烤到吱吱冒水。"

猪头恋爱了，他喜欢外系一个师姐，但没有追求方式，日日守在开水房，等师姐去打开水。

他又不敢表白，师姐将开水瓶放在墙边，一走远，猪头就把她的开水瓶偷回宿舍。一个月下来，猪头一共偷了她十九个水瓶。

作为室友，我们非常不理解，但隐约有点儿兴奋，我们可以去卖水瓶了。

一天深夜，猪头说："其实我在婉转地示爱。"

我大惊，问："何出此言？"

猪头说："我打算在毕业前，偷满她五百二十个水瓶，她就知道这是520（我爱你）的意思了。"

大家齐齐沉默，心中暗想：我去你大爷的。

那时候的男生宿舍，熄灯以后，总有人站在门外，光膀子穿条内裤煲电话粥。他们扭动身体，发出呵呵呵呵的笑声，窃窃私语。

每张桌子的抽屉里，打废的IP电话卡日积月累，终于超过了烟盒的高度。

猪头很愤怒，继而冲动，决定打电话给暗恋的师姐，一个叫崔敏的商学院女孩。

电话那头，崔敏的室友接的，说她已经换宿舍了。

猪头失魂落魄了一晚上。

第二天，食堂前面的海报栏人头攒动，围满学生。我路过，发现猪头在人群里面。出于好奇，我也挤了进去。

海报栏贴了张警告：某系某级崔敏，盗窃宿舍同学人民币共计两千元整，给予通告批评，同时已交由公安局处理。

大家议论纷纷，说真是人不可貌相，美女也做小偷。

我拉了下猪头，他攥着拳头，双眼饱含泪水。

虽然我不明白他哭什么，但总觉得心里也有些难受。猪头扭转头，盯着我说："崔敏一定是被冤枉的，你相不相信？"

当天夜里，猪头破天荒地去操场跑步。我站在一边，看着他不惜体力地跑。一圈两圈三圈，他累瘫在草地上。

他躺了半天，挣扎着爬起来，猛然冲向女生宿舍，我怎么追也追不上他。

后来，猪头白天旷课，举着家教的纸牌，去路边找活儿干。

再后来，在人们奇怪的眼光中，猪头和师姐崔敏一起上晚自习。

到寒冬，漫天大雪，猪头打着伞，身边依偎着小巧的崔敏。

几年前曾经回到母校，走进那栋宿舍楼。站在走廊里，总觉得推开308，门内会团团坐着四个人，他们中间有个脸盆，泡着大家集资购买的几袋方便面，每个人嘴里念念有词。

我们在网吧通宵，忽而睡觉忽而狂笑。我们在食堂喝二锅头，两眼通红，说兄弟你要保重。我们步伐轻快，在图书馆，在草地，在水边喝啤酒，借对方的 IP 卡打长途，在对方突然哭泣时沉默着，想一个有趣的话题转移他的注意力。

我想起猪头狂奔在操场的身影，他跑得精疲力竭，深夜星光洒满年轻的面孔，似乎这样就可以追到自己心爱的姑娘。

我们朗读刚写好的情书，字斟句酌，比之后工作的每次会议都认真，似乎这样就可以站在春天的花丛永不坠落。我们没有秘密，我们没有顾虑，我们像才华横溢的诗歌，无须冥思，就自由生长，句句押韵，在记忆中铭刻剪影，阳光闪烁，边缘耀眼。

猪头结婚前来南京，我们再次相聚。

不用考虑一顿饭要花多少生活费，聊着往事，却没有人去聊如今的状况。因为我们还生活在那首诗歌中，它被十年时间埋在泥土内，只有我们自己能看见。

我们聊到宿舍里那段饥饿的岁月，笑成一团。

猪头拍着桌子喊服务员，再来一打炭烤生蚝，多加蒜蓉，烤到吱吱冒水就赶紧上。

他高兴地举起杯子，说："我要结婚了，大家干一杯。"

猪头的太太就是崔敏。

很快他喝多了，趴在酒桌上，小声地说："张嘉佳，崔敏没有偷那笔钱。"

我点头。

他说："那时候，所有人不相信她，只有我相信她。所以，她也相信我。"

我突然眼角湿润，更用力地点头。

他说："那时候，我做家教赚了点儿，想去还给钱被偷的女生，让她宣布，钱不是崔敏偷的。结果等我凑够了，那个女生居然转学了。"

他说："听到这个消息，崔敏哭成了泪人。因为啊，从此她永远都是个偷人家钱的女生。"

我有点儿恍惚。

他举起杯了，笑了，说："一旦下雨，路上就有肮脏和泥泞，每个人都得踩过去。可是，我有一条命，我愿意努力工作，拼命赚钱，要让这个世界的一切苦难和艰涩，从此再也没有办法伤害到她。"

他一字一句地说："那时候我就是这么想的，以后我也会一直这么做的。"

　　我大醉，想起自己端着泡面，站在阳台上，看校园的漫天大雪里，猪头打着伞，身边依偎着小巧的崔敏，他们互相依靠，一步步穿越青春。

　　十年醉了太多次，身边换了很多人，桌上换过很多菜，杯里洒过很多酒。

　　那是最骄傲的我们，那是最浪漫的我们，那是最无所顾忌的我们。

　　那是我们光芒万丈的青春。

　　如果可以，无论要去哪里，剩下的炭烤生蚝请让我打包。

初恋是一个人的兵荒马乱

我会承诺很多，实现很少，
我们会面对面越走越远，肩并肩悄然失散。
你会掉眼泪，每一颗都烫伤我的肌肤。
你应该留在家里，把试卷做完，
而不是和我一起交了空白纸张。
对不起，爱过你。

1

　　加班后午夜 12 点，去一家熟悉的酒吧喝酒。大家互相摸来摸去，我没有兴趣摸同事田园犬，田园犬也没有兴趣摸我，两个人呼啦啦喝了好多。

　　田园犬说："你知道八卦游龙掌讲究的是先发制人，后发制于人吗？"

　　我说："制什么制，不如制服诱惑。"

　　田园犬当场翻脸："严肃话题，你也严肃一点儿好不好？"

我心想，八卦游龙掌很严肃吗？

田园犬说："所以说，在爱情里，一定要先去追求别人。"

我说："追什么追，太没面子了。"

田园犬说："一定要先追，因为你先追，顶多一开始丢点儿面子。如果追到了，就说明你研究了她的爱好，迎合她的喜怒，你已经慢慢渗透她的生活。等你厌倦她了，她却已经离不开你。因此，在结局里，一般提出分手的，都是先追求的那一个。"

我大惊失色："太卑鄙了，虽然我不想听，但你多说一点儿。"

田园犬举杯："喝起来。"

透过金黄色的啤酒，我突然发现，每个女人都有了姿色。也许这就是所谓的酒色。

先发制人，后发制于人，慢慢地，当她不放心自己，才把生命托付给你的时候，你已经先发制人，先发离开。

2

我六年级和班长同桌，她总拿第一名，我拿第二名，因此她是大队长，我是中队长。

大队长和中队长的最大区别，在于举行仪式的时候，她大声喊："赖宁，你是我们的骄傲！"而我站她旁边，认真地行少先队礼，她不喊完，我不能把手放下来。

有一天，来了个胖胖的班主任。她在上面自我介绍，我们在下面议论纷纷。

班长："长得真胖。"

我："这么胖，炖汤一定很好喝。"

班长："才吃早饭你又饿了？"

我："这么胖，我一定要得到她。"

胖胖的班主任宣布了一条最新规则，每天都要睡午觉，谁不守规矩探头探脑，班长就把他的名字记在本子上。

从那天开始，我每天都被班长写在本子上。唉，真想改名叫作懋罴繁，记我名字的时候，也让她多写几笔。

她越是记我名字，我越是不安分，心想，总有一天，一刀砍断她脸部肌肉，再一刀割断她文胸带子。

我之所以知道她六年级就戴文胸，是一次她又记我名字，我怒不可遏，伸手抓她辫子，被她逃脱，再抓，抓到一根松紧带，大叫："哇，这是什么？没事把自己五花大绑干什么？"

结果她号啕大哭。

结果我要喊家长。

妈妈告诉我，这叫作文胸，男孩子不能随便抓。

我心想：不是说应该抓好文化，文胸也算是文字辈的，为什么不能抓？

等我长大后，再一次抓到文胸，悲哀地想，小时候没有抓好文化啊，现在抓文胸都只能抓到 A 罩杯，抓不到 D 罩杯的。

3

迎接期末考试，终于不用午睡。班长带了一本课外读物，《小王子》的绘图本。她借给全班人看，我就硬憋着，不问她借。

全班人看完了，她在后面出着黑板报，我偷偷过去："借给我看看好不好？"

班长："不借。"

我："你借我看，我送你文胸。"

班长咬住嘴唇，不理我了。

我恼羞成怒，暗想，这又哪儿触犯你了！

在期末考试前，胖胖班主任给大家算总账，所有被记名字的都要在水泥地上打手背。

一个一个被点名，我都做好从早上打到晚上的准备了，结果始终没有叫到我。

我心想，这个胖子，难道真的被我得到了？

期末考试后，小学毕业了。

班长送我一个包裹，里面有两样东西。

一是那本《小王子》绘图本。

一是那个记名册。

我打开记名册，发现密密麻麻的记录里，每一天，都有一个名字被圆珠笔涂成一个蓝块。

送我这个东西干什么？我莫名其妙。

直到初中，我的智商终于提升到一百之后，我才突然明白，本子每页的蓝块下，一定是我的名字！

在她交本子之前，把我的名字都涂成了蓝块。

我冲回家，翻箱倒柜，找到了那个记名册，在最后一页找到了电话号码。

可是我打那个电话号码时，班长已经搬家了。谁也不知道班长搬到了哪里。

于是在我的记忆里，班长永远成了一个美人。

于是我的初恋，发生且被我察觉时，已经到了大一。

4

大一参加各种社团，忙得不亦乐乎，刷着存在感，而很多事情忘却了。食堂聚餐，网吧包夜，生活费花得飞快。女孩子姜微从外地来找我，给我一条绿箭口香糖。

我："这是什么？"

姜微："口香糖。"

我："顶饱吗？"

姜微："你没有东西吃的时候，打电话给我好不好？"

我："没有钱吃东西，哪儿来钱打电话。"

姜微："那这张电话卡你拿着。"

我："物质生活都无法保障，精神文明就算了。"

姜微："那这张银行卡你拿着。"

她穿着天蓝色的滑雪衫，短发，低着头，目光藏在刘海下。我恍惚记得，她来我们学校找同学，偶然相逢，是我先邀请她去公园散步，散着散着，她说下次再来找你。

后来我和姜微打了半年电话。

我发现一个重要的讯息，女孩想我的时候，都是在打电话的时候哭。妈妈想我的时候，都是挂了电话后哭。

再后来，我发现很要好的朋友喜欢姜微。

于是我问姜微借了一千五百块。

我把这十五张一百块压在枕头底下。

没有钱去吃饭的时候，不碰它。

没有钱去网吧的时候，不碰它。

五年之后，朋友和她结婚了。

我送了一千五百块的红包。

这个红包里的十五张一百块，都被枕头压得平整，没有一丝褶皱。

我终于还掉了这十五张一百块，留下了一张绿色的口香糖的包装纸。

这张绿色的口香糖包装纸，也被枕头压得平整，没有一丝褶皱。

5

高三复读，去了个小镇高中。我没寄宿，父亲将我安排在教师楼边上的一栋两层小土房里。楼上住的是我，楼下住的是退休老校长。

永远有电，永远有水，通宵看武侠书从来不用手电筒，想回就回，想走就走，生活自由奔放。

班主任是个孤独而暴躁的老女人。我经常因为她的孤独，被喊过去谈心；因为她的暴躁，谈完之后被怒骂。

悲愤之下，我索性破罐子破摔。早操不出，晨读不去，心情一旦不好，连课都不上。

这叫什么？

魄力。

6

一天大清早，有人敲门。我开门，一个女生拎着塑料袋子。

我心想，干什么，大家都没发育完，做不起来生意。

女生："你没吃早饭吧？"

我："不吃。"

女生："别人托我带给你的。"

我："别人是什么人？"

女生："别人不想告诉你，不要就算了。"

我："不想告诉我？那就是不用我还了吧？"

女生："送你的为什么要还？"

我："别人真好。"

女生走了，我一边吃着麻团和豆浆，一边心想，别人太穷了，早饭送这个。

我班有朵校花，疑似别人。她聪慧又美丽，成绩年级第一，除了家境贫寒没有缺点。

我的愿望是用法律制裁校花同学，或者枪毙，或者帮我考试，以上二选一。

同桌的愿望是用法律制裁门卫，这样可以半夜偷偷溜到录像厅看片子，看到一半喊老板换片！

几年后，同桌被法律制裁了，他在承德当包工头，偷税漏税拖欠工资，被判入狱三年。

其实我当年就知道这个同桌并非等闲之辈，某日约我去城里打游戏，他居然还带了一个胖胖妹。

打到半夜，他问我借钥匙，说要和胖胖妹住过去。我沉迷打街霸，用钥匙和他换了十几个铜板。

第二天大早出了状况，他们下楼被退休的老校长看见了。天色蒙蒙亮，老校长看不清两人的脸，但从我房间出来的一男一女，按逻辑男的应该是我。

班主任找我谈话，脸色凝重。

教导主任找我谈话，脸色凝重。

话题涉及同居之类的字眼，令我猝不及防，心灵震荡。

我正在绝望地等待校长找我谈话，接着便要锒铛入狱。我是个流氓，刚成年的流氓。不久之后很有可能发生这么一件事：一个还没有摸过女生小手的流氓，在牢里哭得喘不过气。

然而校长没找我，老师们也不提这事了，突然间烟消云散，害我十分好奇。

消息灵通人士私下和我说："想知道为什么吗？"

我："想。"

灵通人士："十个铜板。"

我："好。"

灵通人士："你知道校花同学吧。"

我："废话。"

灵通人士："她跑到校长那边去，说那晚住在你房间的是她。"

我大惊："这不玷污我的名声吗！"

消息人士："滚，校花同学年级第一，是我校考取重点大学的唯一希望，哪个老师会碰她？她这么一说，自然就不追究你，事情就过去了啊。"

校花同学聪慧又美丽，还有一颗伟大的心。

7

但我始料不及，校花同学不比我们江湖中人，她是施恩图报的。

从此，在校花同学的要挟下，我参加早操，参加晨读，完全无法旷课。校花同学这么做，一定会留下弊端，而我们都没想过，那是铺天盖地的遗憾。

校花同学："张嘉佳，我们一起报考南浦大学吧？"我大惊失色："南浦大学？你以为我是校草？名牌大学，那他妈的是人上的吗？"

"啪。"我的左脸被抽肿。

校花同学："我们一起报考南浦大学吧？"

我："你给我一百块我就填。"

校花同学："给你一块。"

我："一块？你怎么穷得像小白？"

校花同学："小白是谁？"

我："我家养的土狗，我在它脖子上挂了个一块的硬币。"

"啪。"我的右脸被抽肿。

两个人都填了南浦大学。

我考上了，她没考上。

她服从第二志愿，去了天津。

8

从南京的宿舍打电话到天津的宿舍，跨省长途，一个学期下来，抽屉里一沓电话卡。

我消耗电话卡的岁月中，出现了姜微。

我很少接姜微电话，即便自己在宿舍，也要舍友说我不在。

因为我要等校花同学的电话，她打来占线的话，还要解释半天。

可是校花同学突然再也不打电话给我了。

我拨了无数次，她永远不在。

我等了一个星期。难道她死了？一想到她死了，我就难过得吃不下饭，我真善良。

我等了一个月。就算死了也该投胎了吧？一想到她投胎了，我就寂寞得睡不着觉，我真纯朴。

我等了三个月。我想去天津。

这时候，姜微从外地来找我。

她先给我一条绿箭口香糖。

我："这是什么？"

姜微："口香糖。"

我："顶饱吗？"

姜微："你没有东西吃的时候，打电话给我好不好？"

我："没有钱吃东西，哪儿来钱打电话。"

姜微："那这张电话卡你拿着。"

我："物质生活都无法保障，精神文明就算了。"

姜微："那这张银行卡你拿着。"

我心想，姜微就是比校花同学富裕啊。

于是我问她借了一千五百块。

我把这十五张一百块压在枕头底下。

没有钱去吃饭的时候，不碰它。

没有钱去网吧的时候，不碰它。

终于，姜微不理我了。她喜欢我的一个朋友，他们很合适，他们一样有钱。

我始终没去天津，心中有着无限恐慌。

9

学期末，熟悉的声音。

校花同学："你还好吗？"

我："你好久不打电话给我了。"

校花同学："没有钱买电话卡。"

我："太穷了吧你，我有钱我分你一点儿。"

校花同学："不要分钱了，张嘉佳，我们分手吧。"

我："……还是分钱好了。"

校花同学："我说真的，张嘉佳，我们分手吧。"

我："……我要分钱。"

校花同学："张嘉佳，记得照顾好自己。"

我："……分钱分钱。"

校花同学："有空多打电话给妈妈，她一定很想你。"

我："……分钱分钱。"

校花同学："张嘉佳，你想我吗？"

我："……分钱分钱。"

校花同学："不要哭了，记得有一天，我托人给你送早饭吗？我现在还不知道你吃了没有呢。"

我："……我吃了。"

校花同学："张嘉佳，记得吃早饭。对了，如果再让你报考一次，你会选什么大学？"

我心想，我什么地方也不选，我找个村姑，在那二层小土楼，洞房种田浇粪，这辈子都不用买电话卡。

"张嘉佳，分手以后，你再也不要打电话给我了。"

电话就这么挂了。

挂的时候，我已经忘记哭了，但是我好像听到她哭了。

10

五年之后，听到姜微和我朋友结婚的消息。我送了一千五百块的红包。这个红包里的十五张一百块，都被枕头压得平整，没有一丝褶皱。

我终于还掉了这十五张一百块，留下了一张绿色的口香糖的包装纸。

这张绿色的口香糖包装纸，也被枕头压得平整，没有一丝褶皱。

而在这五年里，我去过校花同学的家里三次，她的照片一直摆在客厅靠左的桌子上。

照片边上有本笔记，一盆花和一些水果。

照片前还点着几根香。我抽烟，她抽香，还一抽好几根。

看她这么风光，可是我很难过。

我知道这笔记本里写着，她给谁送了早饭，她为谁背了黑锅，她要怎么样骗一个笨蛋分手，她真是个斤斤计较、施恩图报的小人。

笔记里还夹着病历卡。

我想，应该感谢它，不然我还要消耗电话卡。

我想，应该痛恨它，否则我不会这么难过。

每次我会和她妈妈一起，吃一顿饭。

每次我和她妈妈吃饭，都说很多很多事情，说得很开心，笑得前仰后合。

每次我在她家，不会掉一滴眼泪，但是一出门，就再也忍不住，蹲在马路边上，哭很久很久。

如果我是这样，我想，那她妈妈也一定等我出门，才会哭出声来吧。

11

在很长一段时间里，我继续没有早饭吃。没有早饭吃的时候，我就想起一个女生。

女生："是别人托我带给你的。"

我："别人是什么人？"

女生："别人不想告诉你，不要算了。"

我："不想告诉我？那就是不用我还了吧？"

女生："送你的为什么要还？"

我："别人真好。"

我一边吃着麻团和豆浆，一边心想，别人太穷了，早饭送这个。

送早饭的时候，校花同学和别人一样穷。

考大学的时候，校花同学和小白一样穷。

打电话的时候，校花同学和我一样穷。

听到收音机里放歌，叫《一生所爱》。

我没有抽一口，烟灰却全掉在了裤子上。

我没有哭一声，眼泪却全落在了衣服上。

电视机里有人在说，奇怪，那人好像一条狗耶。

狗什么狗，你见过狗吃麻团喝豆浆的吗？

抽屉里一沓电话卡，眼泪全打在卡上，我心想：狗什么狗，你见过狗用掉这么多电话卡的吗？

"张嘉佳，你想我吗？"

"……分钱分钱。"

"不要哭了，记得有一天，我托人给你送早饭吗？我现在还不知道你吃了没有呢。"

"……我吃了。"

"张嘉佳，记得吃早饭。对了，如果再让你报考一次，你会选什么地方的大学？"

我心想，如果可以，什么地方也不选，我找个村姑，在那二层小土楼，洞房种田浇粪，这辈子都不用买电话卡。

我心想，如果可以，在离云朵最近的地方，开一个小卖部，等校花同学回来，就请她做老板娘。

反向人

世界上，
总有一个人和你刚见面，
两人就互相吸引，
莫名觉得是一个整体。

这就是你的反向人。

　　世界上，总有一个人和你刚见面，两人就互相吸引，莫名觉得是一个整体。

　　这是江湖术士大学室友徐超告诉我的。至于什么原因呢？也许是概率的问题，也许是上帝的问题。

　　我说："这不就是一见钟情吗，好多人就这样变成了夫妻，好多人就这样变成了基友。"

　　徐超神秘地说："不是的。"

据徐超介绍，他家祖辈在明朝出过相学大师，但没什么秘籍保存，只世代流传了些边角料。

他不懂星座血型，但是他说，通过人的长相和姓名，基本就可以判断他的一生。

比如，人的相貌，会决定你从小周边的人对你是什么态度。

重眉的面相凶，少人亲近；方脸的面相正，易得信任；嘴大的大家觉得有趣可爱，常跟你开玩笑，于是活泼奔放；眼细的大家觉得你心机重，不会跟你聊太深，于是表里不一。你的长相决定了他人对你的态度，他人对你的态度决定了你的性格，你的性格决定了一生的路。

至于姓名，正常情况下都是父母起的，代表了长辈对你的期望、当时家里的境遇，信息量极大。家庭环境对人的性格一样有影响，两者都是一个道理，性格即命运。

你找什么样的工作，你和什么样的人结婚，在你长相和名字确定的时候，就已经不可更改。

那成年后的整容、改名还有用吗？

你说呢。

徐超说，世界上，总有一个人和你刚见面，两人就互相吸引，莫名觉得是一个整体。

这就是你的反向人。

为什么叫反向人呢？

你们的运气是共同的整体。两人相加是一百，那么你占五十，那么他也占五十。如果你占九十，那么他就只剩下十。

当然，如果他占一百，那么，你就快死亡了。

你加薪那一天，说明世界上有另一个人，可能刚掉了钱包；在你绝症突然痊愈时，说明世界上有另一个人，可能刚刚高速失事死于非命。

如果你每天锻炼身体，招财进宝，那世界上有一个人，他将会体虚多难，穷困潦倒。反之亦然，所以你的一生，都在同他争夺生命的质量。

从你出生起，这个人就与你休戚相关，而你们永远都在看不见的战场。

所以，要是永远碰不到也好。要是碰到，是个同性也好，大不了各自竞争。

就怕碰到了，还是异性。

可怕死了，赶紧吃个夜宵睡个好觉，不求及格，好歹能过五十。

河面下的少年

我知道自己喜欢你。
但我不知道自己将来在哪里。
因为我知道，无论哪里，
你都不会带我去。
而记忆打亮你的微笑，
要如此用力才变得欢喜。

张萍烙在我脑海的，是一个油画般的造型，穿着有七八个破洞的 T 恤，蹲在夕阳下，深深吸一口烟，缓缓吐出来，淡淡地说："我也想成为伟大的人，可是妈妈喊我回家种田。"

这个故事和青春关系不是很大。

青春是丛林，是荒原，是阳光炙热的奔跑，是大雨滂沱的伫立。

河面下的少年名叫张萍，被水草纠结，浮萍围绕，用力探出头呼吸，满脸水珠，笑得无比满足。他平躺在水中，仰视天空，云彩从清早流到夜晚，投下影子洗涤着年轻的身体。

我当时的梦想是做足球运动员，再不济也要成为乡村古惑仔，却被母亲硬生生揪到她的学校。

班主任分配了学习成绩最好的人和我同桌，就是张萍。我对他能够迅速解开二元二次方程组很震惊，他对我放学直奔台球室敲诈低年级生很向往，于是互相弃暗投明，我的考试分数直线上升，他的流氓气息越发浓厚。

我们喜欢《七龙珠》。我们喜欢北条司。我们喜欢猫眼失忆后的那一片海。我们喜欢马拉多纳。我们喜欢陈百强。我们喜欢《今宵多珍重》。我们喜欢乔峰。我们喜欢杨过在流浪中一天比一天冷清。我们喜欢远离四爷的程淮秀。我们喜欢《笑看风云》，郑伊健捧着陈松伶的手，在他哭泣的时候我们泪如雨下。我们喜欢夜晚。我们喜欢自己的青春。

我们不知道自己会喜欢谁。

毕业班周末会集体到学校自习，下午来了几个社会混混儿，在走廊砸酒瓶，嬉皮笑脸地到教室门口喊女生的名字，说不要念书了，跟他们一块儿到镇上溜冰去。

他们在喊的林巧，是个长相普通的女生，我立刻就失去了管闲事的兴趣。张萍眉头一皱，单薄的身体拍案而起，两手各抓一支钢笔，在全班目光的注视下，走到门口。

混混儿吹了声口哨，说："让开，杂种。"

张萍也吹了声口哨，可惜破音，他冷冷地说："Are you crazy？（你疯了吗？）"

接着几个人厮打成一团，混混儿踹他小腹，抽他耳光，他拼尽全力，奋力用钢笔甩出一坨一坨的墨水，转眼混混儿满脸都是黑乎乎的。

等我手持削笔刀上去的时候，小流氓们汗水混着墨水，气急败坏，招呼着同伴去洗脸。

张萍吐口带血的唾沫，淡淡地说："书生以笔杀人，当如是。"

从那天开始，林巧隔三岔五找他借个东西，问个题目，邀请他去镇上溜冰。张萍其他都答应，只有溜冰不同意，他说，不干和流氓同样的事情。

初中毕业临近，同学们即将各奔前程，大部分都要回去找生活。这里是苏北一个寂寂无闻的小镇，能继续读中专已算不错。女生们拿着本子找同学签名，写祝语。林巧先是找所有人签了一圈，然后换了个干净空白的本子，小心翼翼地找到张萍。

张萍吐口烟，不看女生，淡淡地说："Are you crazy？"

林巧涨红了脸，举着本子坚持不收回去。张萍弹开烟头，凑到女生耳边，小声说："其实，我是个同性恋。"

林巧眼泪汪汪，默默收起本子走开。

大概三四天后，上次的混混儿埋伏在张萍回家的路上，把他从自行车上一板砖砸下来，打了足足五分钟。

大学毕业后一次回老家，我从另外的初中同学口中偶然知道，林巧初中一毕业，就和那几个混混儿成天在一起，十八岁嫁给了其中一个混混儿，十九岁生小孩，二十一岁离婚，又嫁给了另外一个混混儿。

张萍脑袋绑着纱布参加中考，结束那天黄昏，我们一起坐在操场上。夕阳染得他面孔金黄，他叼一根烟，沉默良久，说，家里农活太多，不太想让他念书。

我接不上话。

他淡淡地说："我也想成为伟大的人，可是妈妈喊我回家种田。"

我拍拍他的肩膀，他又说："我一定要念书，去城市看看。因为我感觉命运在召唤我，我会有不平凡的宿命。"

他扔掉烟头，说："我想来想去，最不平凡的宿命，就是娶一个妓女当老婆，我有预感，这就是我的宿命。"

中考成绩出来，我们在不同的高中。我忘了他家里卖掉些什么东西，总之还是读下去了。

从中考结束，第二次见面却是三年后。我在南大，他在南航。

他的大学生涯达到了我不可企及的高度。大二退学，因为他预感自己应该上北大，于是重读高三。一两年杳无音信，突然我宿舍半夜来电，凑巧那一阵非典，我被勒令回校，接到了电话。

他说："没有考取北大，功亏一篑。"

我问："差多少？"

他说："差得不多。"

我问："那差多少？"

他说："不多，也就两百来分。"

我问："……那你读了什么学校？"

他说："连云港一家专科院校。"

我问："草莓呢？"

他默不作声。

草莓是他在南航的女朋友。我在南大的浦口校区，到他那儿要穿越整座城市，所以整个大一就相聚过两次。

他跟小卖部的售货员勾搭上了，她小个子，脸红扑扑的，外号草莓。草莓是四川人，比我们大三岁，来南京打工，扯了远方亲戚的关系，到学校小卖部做售货员。

小卖部边上就是食堂，我们在食堂喝酒，张萍隔三岔五跑到小卖部，随手顺点儿瓜子花生等小玩意。草莓总是笑嘻嘻的，他还假装要买单，草莓挥挥手，他也懒得继续假装，直接就拿走了。

后来，他直接拿了条红塔山，这下草莓急了，小红脸发白，大几十块呢，账目填不平的。

张萍一把搂住草莓，不管旁边学生的目光，忧郁地说："我没钱买烟，但知道你有办法的。"

我不知道草莓能有什么办法，估计也只能自己掏钱填账。

第二次约在城市中间的一个夜排档。我说草莓挺好的，他吸口烟，淡淡地说："Are you crazy？"

我不吭声。

他又说："我感觉吧，这姑娘有点儿土，学历也不高，老家又那么远，我预感将来不会有共同语言。"

他的 BP 机从十一点到后半夜两点，一共响了起码三十次。他后来看也不看，但 BP 机的振动声在深夜听来十分刺耳，于是提起一瓶啤酒，高高地浇下来，浇在 BP 机上，浇完整整一瓶。BP 进了水，再也无法响了。

他打个酒嗝，说："我花了一个月生活费买的。他妈的。"

响了三十次的 BP 机，于是寂静无声。

让你不耐烦的声声召唤，都发自弱势的一方。

喝到凌晨近四点，喝到他路都走不了。于是我问老板借了店里的固定电话，扶着踉踉跄跄的他，奋力过去拨通草莓的 BP 机号码。

寻呼台接通了，他只发了一句话：我在华侨路喝多了。

五点，气喘吁吁的草莓出现在我们面前。她只晓得路名，不晓得哪家店，只能一家一家找过去。南航到这里二十分钟，也就是说她找了四十分钟，终于找到了我们。

张萍趴在桌子上，动不动就要从凳子上滑下去。姑娘一边扶着他，一边喝了几口水。

我要了瓶小二，心想，我再喝一瓶。

草莓突然平静地说："他对我很好。"

我"哦"了一声。

草莓说："学校小卖部一般都是交给学校领导亲戚，我们这家是租赁合同签好，但关系不够硬，所以有个领导亲戚经常来找麻烦，想把老板赶走。"

我一口喝掉半瓶。

草莓说："有次来了几个坏学生，在小卖部闹事，说薯片里有虫子，让我赔钱。老板的 BP 机打不通，他们就问我要。我不肯给，他们就动手抢。"

草莓扶起被张萍弄翻的酒杯，说："张萍冲过来和他们打了一架，右手小指骨折了。"

草莓笑起来，说："后来他也经常拿我的东西，但是从来不拿薯片，说不干和流氓一样的事情。"

我说："他就是这样。"

草莓说："嗯，他还说有预感要娶个妓女做老婆。我不是妓女，我是个打工妹，而且，没读过大学。"

草莓蹲下来，蹲在坐得歪七倒八的张萍旁边，头轻轻靠着他膝盖，鼻翼上一层薄薄的汗珠。张萍无意识地摸摸她头发，她用力微笑，嘴角满是幸福。

我喝掉了最后半瓶。

草莓依旧蹲着，把头贴得更紧，轻声说："老板已经决定搬了。"

我说："那你呢？"

草莓依旧用力微笑，眼泪哗啦啦流下来，说："我不知道。"

我知道自己喜欢你。

但我不知道自己将来在哪里。

因为我知道，无论哪里，你都不会带我去。

高中文凭的小个子女孩蹲在喝醉的男生旁边，头靠着男孩膝盖。

路灯打亮她的微笑，是那么用力才变得如此欢喜，打亮她湿漉漉的脸庞。

在我迷蒙的醉眼里，这一幕永远无法忘记。

这是大学里我和张萍最后一次见面。中间他只打了几个电话，说退学重考，结果考了个连云港的专科院校。断断续续联系不到三次，再见面，是五年之后。

五年之后，我们相约中华门的一家破烂小饭馆。我问他："毕业去哪儿了？一年没联系。"

他吐口烟，淡淡地说："走私坐牢了。"

我大惊失色，问："怎么了？"

他说："毕业了家里托关系，做狱警，实习期间帮犯人走私，就坐牢了，关了一年才出来。"

我沉默，没有追问细节，说："那你接下来打算？"

他又醉了，说："在中华门附近租了个车库住，快到期了，我打算带着老婆回老家结婚。"

我脑海中蓦然浮起草莓的面孔，不由自主地问："你老婆是谁？"

他点着一根烟，淡淡地说："你还记得我在初中毕业那天跟你说过的话吗？"

我摇摇头。

他说："我当时预感自己会娶个妓女，果然应验了。"

夜又深了，整个世界夜入膏肓。他干了一杯，说："我爱上了租隔壁车库的女人，她是洗头房的，手艺真不错，不过我爱的是她的人。"

这顿酒喝得我头晕目眩，第一次比他先醉倒，不省人事。醒来后我在自己租的房子里，书桌上留着他送给我的礼物，十张毛片。

又过了一年，他打电话来，说："我离婚了。"

我没法接话。

他说："我们回老家村子以后，那婊子跟村里很多男人勾搭，被我妈抓到几次现行。我忍无可忍，就和她离婚了。结果她就在我家边上又开了家洗头房。他妈的。"

我莫名其妙地问了一句："你还会不会解二元二次方程组？"

他说："会啊。"

我说："那下次我们一起回初中，看看新建的教学楼吧？"

他说："好。"

又过了三年，我回老家过年，突然想起来这个约定，就打电话到他家。他妈妈说，他找了个搞手机生意的女人，去昆山开门面房了，过年没回来。

我挂下电话，一个人去了初中。

到当年初中一位老师家里吃饭，这个老师本来是代课老师，没有编制，这两年终于转正。

他太太买菜回来，我一眼就认出了她是林巧。

林巧笑呵呵地说："我听说是你，就买了肉鱼虾，今天咱们吃顿好的。"

几杯酒下肚，初中老师不胜酒力，摇摇晃晃地说："我转编制多亏林巧，林巧的前夫是镇上领导的儿子，他要和林巧离婚，林巧就提了个条件，帮我转正。"

我没有办法去问，问什么呢？问林巧自个儿离婚，为什么要帮你转正？

林巧一直没喝酒，这时候也喝了一杯洋河，脸颊通红，说："不瞒你说，中考那天，是我找人打的张萍，这个狗东西。算了，你要是看到他，就替我道歉。"

我也醉眼惺忪，看着林巧，突然想起来一幅画面，高中文凭的小个子女孩蹲在喝醉的男生旁边，头靠着男孩膝盖。路灯打亮她用力的微笑，打亮她湿漉漉的脸庞。

我知道你喜欢我。

但我不知道自己将来在哪里。

因为我知道，无论哪里，我都没法带你去。

写在三十二岁生日

靠着树干坐下，
头顶满树韶光，
枝叶的罅隙里斜斜透着记忆，
落满一地思念。
醒来拍拍裤管，
向不知名的地方去。

　　不能接受自己的岁数要三字打头，不能接受了整整七百三十天。逐渐发现，很多事情的时间单位越来越长，动辄几年几年。通讯录里一些号码七八年没有拨通过，可每次都会依旧存进新手机。电脑里的歌没有下载新的了，起码四五年，终于彻底换成了在线电台。

　　总觉得好多想做的没有做，可回顾起来，简历里已经塞满了荒唐事。

　　可以通宵促膝长谈的人，日日减少，人人一屁股烂账。以前常常说，将来要怎么怎么样，现在只能说，以前怎么怎么样。至于将来，可能谁都不想谈会是怎么样。

高考完送我他珍藏的所有孟庭苇卡带的哥们儿，女儿六岁的时候我们才再次相见。KTV 里点一首《冬季到台北来看雨》，然而我人在台北的时候，根本没有想起他。甚至路过他工作所在的城市，也只是翻翻手机，看到号码却没有打过去。事实证明碰了头，的确没有太多话要说。旧胶片哪怕能在脑海放映一遍，也缺篇少页，不知开章，不知尾声。

其实有满腹话要说，可对面已经不是该说的人。

这半年，大概算我最艰难的半年。醉倒在酒吧和客厅不下一百次，生生用啤酒增肥十五斤。

对自己说，没有关系的，所以未曾找人倾诉过一次，甚至确凿地认定，安慰都是毫无作用、毫无意义的，不如听哥们儿讲一个笑话。

过往的经验证明，现在无法碰触的部分，终将可以当作笑话来讲。

我们聚集在一起，就是因为大家都有一肚子笑话。

这样其实不错，我认清自己是改变不了自己的，当然也不能改变别人。一切的跌跌撞撞，踉踉跄跄，都源于无法改变。花了那么多精力和时间，到头来却发现自己不需要改变，并且乐此不疲，痛不可抑，没有一个违心的脚印。

大学有年生日恰好在老家，第二天早上要赶车，我起得晚了，来不及吃母亲煮好的面。匆忙背着包出门，妈妈追到门口，说自己要小心啊。没有听到爸爸的声音，但我知道他就站在阳台上看着我的背影。听到这带着哭腔的声音，快步下楼的我擦擦眼泪，决定从此不跟他们说任何一件不好的事情。

我喜欢牵着父母的手一起走路，不管是在哪里。

至于其他的，日夜地想，想通了，就可以随意歇息。靠着树干坐下，头顶满树韶光，枝叶的罅隙里斜斜地透着记忆，落满一地思念。醒来拍拍裤管，向不知名的地方去。

曾经在超市，在零食那一排货架前，接着电话。到底要什么口味的薯片？原味的。找不到啊。你面对货架，从左往右数，第二排第三列就是的。果然是的。

今天去的时候，没有电话，发现薯片都搬到了另外一边。

不管是人生还是超市，都会重新洗牌的，会调换位置的。

能找到自己想要的东西就好，能买单就好。

写在三十二岁生日。并祝自己生日快乐。

从你的

全世界路过

表白　我希望有个如你一般的人

我希望有个如你一般的人

我希望有个如你一般的人。
如这山间清晨一般明亮清爽的人，
如奔赴古城道路上阳光一般的人，
温暖而不炙热，
覆盖我所有肌肤。
由起点到夜晚，
由山野到书房，
一切问题的答案都很简单。
我希望有个如你一般的人，
贯彻未来，
数遍生命的公路牌。

管春是我认识的最伟大的路痴。

他开一家小小的酒吧，但房子是在南京房价很低的时候买的，没有租金，所以经营起来压力不大。

他和女朋友毛毛两人经常吵架，有次劝架兼蹭饭，我跟他俩在一家餐厅吃饭。两人怒目相对，我埋头苦吃，管春一摔筷子，气冲冲去上厕所，半小时都没动静。毛毛打电话，可他的手机就搁在饭桌，去厕所找也不见人。

毛毛咬牙切齿，认为这狗东西逃跑了。结果他满头大汗地从餐厅大门奔进来，大家惊呆了。他小声说，上完厕所想了会儿吵架用词，想好以后一股劲儿往回跑，不知道怎么穿越走廊就到了新华书店，人家指路他又走到了正洪街广场。最后想了招狠的，索性打车。司机一路开又没听说过这家饭馆，描绘半天已经开到了鼓楼，只好再换辆车，才找回来的。

在新街口吃饭，上个厕所迷路迷到鼓楼。

毛毛气得笑了。

他们经常吵架的原因是，酒吧生意不好，毛毛觉得不如索性转手，买个房子准备结婚。管春认为酒吧生意再不好，也属于自己的心血，不乐意卖。

当时我大四，他们吵的东西离我太遥远，插不进嘴。

吵着吵着，两人在2003年分手。毛毛找了个家具商，常州人。这是我知道的所有讯息。

而管春依旧守着那家小小的酒吧。

管春说："这王八蛋，亏我还跟她聊过结婚的事情。这王八蛋，留了堆破烂走了。这王八蛋，走了反而干净。这王八蛋，走的时候掉了几滴眼泪还算有良心。"

我说："王八蛋一般骂的是男人。"

管春沉默了一会儿说："这泼妇。"说完就哭了，说："老子真想这泼妇啊。"

我那年刚毕业，每天都在他那里喝到支离破碎。有一天深夜，我喝高了，他没沾一滴酒，搀扶着我进他的二手派力奥，说到他家陪我喝。早上醒来，车子停在国道边的草丛，迎面是块石碑，写着安徽界。

我大惊失色，酒意全无，劈头问他什么情况。管春揉揉眼睛说："上错高架口了。"我说："那你下来呀。"他羞涩地说："我下来了，又下错高架口了。"

我刹那觉得脑海一片空白。

管春说："我怎么老是找不到路？"

我努力平静，说："没关系。"

管春说："我想通了，我自己找不到路，但是毛毛找到了。她告诉我，以前是爱我的，可爱情会改变，她现在爱那个老男人。我一直愤怒，这不就是变心吗，怎么还理直气壮的？现在我想通了，变心这种事情，我跟她都不能控制。就算我大喊，你他妈不准变心！她就不变心了吗？说变就变，我变他大爷！"

我说："你没发现迹象？有迹象的时候，就得缝缝补补的。"

管春摇摇头，突然暴跳："都过去了，我们还聊这个干吗？总之虽然我想通了，但别让我碰到这王八蛋……这泼妇！"

我心想这不是你开的头吗，发了会儿呆，问："你身上有多少钱？"他回答四千。我数数自己有三千多，兴致勃勃地说："我有条妙计，要不咱们就一路开下去吧，碰到路口就扔硬币，正面往左，反面往右，没心情扔就继续直走。"

一天天的，毫无目标。磕磕碰碰大呼小叫，忽然寂静，忽然喧嚣，忽而在小镇啃烧鸡，忽而在城里泡酒吧，艰难地穿越江西，拐回浙江，斜斜插进福建。路经风光无限的油菜田，倚山而建的村庄，两边都是水泊的窄窄田道，没有一盏路灯，月光打碎树影的土路，很多次碰见写着"此路不通"的木牌。

　　快到龙岩车子抛锚，引擎盖里隐约冒黑烟，搞得我俩不敢点火。管春叹口气，说："正好没钱了，这车也该寿终正寝，找个汽修厂能卖多少是多少，然后我们买火车票回南京。"

　　最后卖了一千多块。拖走前，管春打开后备厢，呆呆地说："你看。"我一看，是毛毛留下的一堆物件：相册、明信片、茶杯、毛毯，甚至还有牙刷。

　　"砰"的一声，管春重重盖上后备厢，说："拖走吧，爷从此不想看到她。就算相见，如无意外，也是一耳光。"

　　我迟疑地说："这些都不要了？"

　　管春丢给我一张明信片，说："我和毛毛认识的时候，她在上海读大学。毛毛很喜欢你写的一段话，抄在明信片上寄给我，说这是她对我的要求。狗屁要求，我没做到，还给你。"

　　我随手塞进背包。

　　拖车拖着一辆废弃的派力奥和满载的记忆，走了。

　　管春在烟尘飞舞的国道边，呆立了许久。

　　我在想，他是不是故意载着一车回忆，开到能抵达的最远的地方，然后将它们全部放弃？

　　回南京，管春拼命打理酒吧，酒吧生意开始红火，不用周末，每天也都是满客。攒一年钱重买了辆帕萨特，酒吧生意已经非常稳定，就由他妹妹打理，自己没事带着狐朋狗友兜风。

夏夜山顶，一起玩儿的朋友说，毛毛完蛋了。我瞄瞄管春，他面无表情，就壮胆问详情。朋友说，毛毛的老公在河南买地做项目，碰到骗子，没有土地证，千万投资估计打水漂儿了，到处托人摆平这事儿。

过段时间，我零星地了解到，毛毛的老公破产，银行开始拍卖他们家的房子。

管春冷笑，活该。

有天我们经过那家公寓楼，管春一脚急刹车，指着前头一辆缓缓靠边的大切诺基说："瞧，泼妇老公的车子，大概要被法院拖走了。"

切诺基停好，毛毛下车，很慢很慢地走开。我似乎能听见她抽泣的声音。

管春扭头说："安全带。"

我下意识扣好，管春嘿嘿一笑，怒吼一声："变心他大爷！"

接着一脚油门，冲着切诺基撞了上去。

两人没事，气囊弹到脸上，砸得我眼镜不知道飞哪儿去了。我心中一个声音在疯狂咆哮：这王八蛋！这王八蛋！老子要是死了一定去你酒吧里闹鬼！

行人纷纷围上。我能看到几十米开外毛毛吓白的脸，和一米内管春狰狞的脸。

图一时痛快，管春只好卖酒吧。

酒吧通过中介转手，整一百万，七十五万赔给毛毛。他带着剩下的二十多万，和几个搞音乐的朋友去各个城市开小型演唱会。据说都是当地文艺范儿的酒吧，开一场赔五千。

看到这种倾家荡产的节奏，我由衷赞叹，真牛啊。

我也离开南京，在北京上海各地晃悠。管春的手机永远打不通，上QQ时，看见这货偶尔在，只是简单聊几句。

我心里一直有疑问，终于憋不住问他："你撞车就图个爽吗？"

管春发个装酷的表情，然后说："她那车我知道，估计只能卖三十多万。"

我说："你赔她七十五万，是不是让她好歹能留点儿钱自己过日子？"

管春没立即回复，又发个装酷的表情，半天后说："可能吧，反正老子撞得很爽。"

说完这孙子就下线了，留个灰色的头像。

我突发奇想，从破破烂烂的背包里翻出那张明信片，上面写着：

我希望有个如你一般的人。如这山间清晨一般明亮清爽的人，如奔赴古城道路上阳光一般的人，温暖而不炙热，覆盖我所有肌肤。由起点到夜晚，由山野到书房，一切问题的答案都很简单。我希望有个如你一般的人，贯彻未来，数遍生命的公路牌。

我看着窗外的北京，下雪了。

混不下去，我两年后回南京。没一个月，大概钱花光光，管春也回了，暂时住我租的破屋子。两人看了几天电视剧，突发奇想去那家酒吧看看。

走进酒吧，基本没客人，就一个姑娘在吧台里熟练地擦酒杯。

管春猛地停下脚步。我仔细看看，原来那个姑娘是毛毛。

毛毛抬头，微笑着说："怎么有空来？"

管春转身就走，被我拉住。

毛毛说："你撞我车的时候，其实我已经分手了。他不肯跟我领结婚证，至于为什么，我都不想问原因。分手后，他给我一辆开了几年的大切诺基，我用你赔给我的钱，跟爸妈借了他们要替我买房子的钱，重新把这家酒吧买回来了。"

毛毛说："买回来也一年啦，就是没客人了。"

管春嘴巴一直无声地开开合合，从他的口型看，我能认出是三个字在重复："这泼妇……"

毛毛放下杯子，眼泪掉下来，说："我不会做生意，你可不可以娶我？"

管春背对毛毛，身体僵硬，我害怕他冲过去打毛毛耳光，紧紧抓住他。

管春点了点头。

这是我见过最隆重的点头。一厘米一厘米下去，一厘米一厘米上来，再一厘米一厘米下去，缓慢而坚定。

管春转过身，满脸是泪，说："毛毛，你是不是过得很辛苦？我可不可以娶你？"

我知道旁人会无法理解。其实一段爱情，是不需要别人理解的。

"我爱你"是三个字，三个字组成最复杂的一句话。

有些人藏在心里，有些人脱口而出。也许有人曾静静看着你：可不可以等等我，等我幡然醒悟，等我明辨是非，等我说服自己，等我爬上悬崖，等我缝好胸腔来看你。

可是全世界没有人在等。是这样的，一等，雨水将落满单行道，找不到正确的路标。一等，生命将写满错别字，看不见华美的封面。

全世界都不知道谁在等谁。

而管春在等毛毛。

我希望有个如你一般的人。这世界有人的爱情如山间清爽的风，有人的爱情如古城温暖的阳光。但没关系，最后是你就好。

由起点到夜晚，由山野到书房，一切问题的答案都很简单。所以管春点点头。

那，总会有人对你点点头，贯彻未来，数遍生命的公路牌。

生鲜小龙虾的爱情

我们常说，轻易得来的，
不会懂得珍惜。
其实不然，轻易得来的，
你会害怕失去。
因为自己挣来的，
更可贵的是你获得它的能力。
而从他人处攫来的，你会恐惧失去，
一心想要牢牢把握在手中。

有没有想过，为什么虾子死了，再放锅里烧，味道就没那么好？

因为活着的虾子，当被丢进爆油的锅里，它非常痛，浑身缩紧，大叫："妈呀，疼死爹啦！"然后虾子扭动，伸展，蜷缩，抱成一团死去，肉质紧致。

反过来，死掉的虾子丢进锅里，它没知觉没反应，四仰八叉一躺，肉越烧越松散。

将死的虾子也不行，奄奄一息，弱弱地喊一声"哎哟哟疼的"，挂了。

当年跑到松花江吃鱼，那个鲜美滑嫩，赞的。

一样的道理，这些傻鱼从小在冰冷的江水里长大，又没有秋裤穿，冷得瑟瑟发抖。它们每天疯狂地游泳取暖，打着寒战，一路暴喊："狗东西你冻死大爷了啊！"

就这样，缩着身体发育，脂肪又紧又肥，好吃到战栗。

澳龙的肉比小龙虾还要紧密弹牙。因为它们活在海里，水压很厉害，天天被压得透不过气，走两步还要喊三声："嗨哟嗨！"就像码头的纤夫，身体紧绷。压着压着，肉就绵密厚实，一咬"呱嗒呱嗒"的。

所以小龙虾要好吃的话，去馆子不行，要自己冲到物流市场，那里是各省刚运回来的货，才落地。

打开箱子，里头的小龙虾昂首挺胸，跳着桑巴，还瞪个眼睛，斜着瞟你。看到它这个愣头儿青样子，必须立刻弄它，赶紧买回去洗洗涮涮下油锅。

我是跟一个年长的朋友聊这些。

他端着酒杯，叹口气，说："这是不是跟感情一样？有了艰难的岁月，才可以造就甜美。共苦过，同甘尤其绚烂。"

我一愣："何出此言，不知道啊。"

他说："我有了女儿之后，突然发现自己好想把一切拥有的东西都给她。她是意外的产物，出生在计划之外。可当她来到这个世界，我豁然找到新的意义。这么说吧，我最着急的事情，是每天都想还有什么可以给她，让她开心让她满足。我恨不得把自己的命都给她。"

他喝了口酒，说："不夸张，我很真诚，我真的很想把自己的命都送给女儿。"

我呆了一下，问："那你的太太呢？"

他沉默，开口："我的命已经给女儿了，所以，就这样。"

我说："我换个理解，吃货也能吃出道理来的。比如吧，现在女生动不动就想找一个男人，一个房子车子工作全部落实完毕的男人，物质生活已经接近完善的男人。可是这种现成的经济条件，就好比一锅死虾子，它们没有经受过苦难，直接软趴趴煎好盛在你碗里。它们虽然表皮明亮，然而肉质疏松，气味难闻，吃着吃着就哭了，第二天还会拉肚子。"

朋友说："嗯，我的太太就这样。我在想，比如吧，两个人共同还贷，迎来的房屋，你打开门的刹那，才会满心欢喜，充满感激与珍惜地去打造这个家。"

其实我明白，他们相逢后，女生一门心思抓住这个尚算富裕的男人，通过各种手段，两人结合了。

三年前，朋友一家三口，和项目投资人一家，共同去泰国旅行。

他给太太在免税店买了一堆奢侈品，太太一高兴，同意集体去观看人妖表演。

表演结束后，人妖排成一长队，欢送客人。朋友非常兴奋，对着其中最美的一个人妖飞吻，打招呼，大叫"我爱你"。

太太翻脸了。

她说："你什么意思？"

朋友说："我能有什么意思，我能干什么？"

她说："你这样我心里不舒服。"

朋友说："好吧，那我们走吧。"

她说："你是不是觉得这个人妖比我漂亮？"

朋友看看投资人一家，觉得面子上挂不住，下意识地调侃着消除尴尬，打了个哈哈说："人妖当然漂亮了，不然怎么出来混。"

太太喊："你不是说这辈子只会觉得我漂亮吗？"

大家无语，朋友说："走吧走吧。"

我们常说，轻易得来的，不会懂得珍惜。

其实不然，轻易得来的，你会害怕失去。

因为自己挣来的，更可贵的是你获得它的能力。而从他人处攫来的，你会恐惧失去，一心想要牢牢把握在手中。

朋友的太太，无比害怕失去他的心。

回到宾馆，朋友跟项目投资人在房间喝酒，两个男人打开笔记本，搜索那个最美的人妖资料，指着屏幕赞叹，是他妈的美。

太太进来，脸都绿了，砸了笔记本，转身就走。

朋友跟投资人道歉，打太太电话关机，冲出去寻她。

两个人都忘记了四岁的女儿。

小姑娘自己从开着的房门跑出来，一头扎进车流汹涌的街道，然后被一辆三轮车刳到。

没有生命危险，脑震荡，从此左耳失聪。

三年后，朋友坐在这家酒吧里，听我胡说八道吃货的道理。

他说如果可以，想把自己的命给女儿。

说的时候，女儿正沉沉入睡，醒来后只有右耳能听见这个世界的旋律。

说的时候，他哭得一塌糊涂，包里装着离婚协议书。

我们都知道，风雨之后，才能见彩虹。

但我们都希望，最好能直接坐在彩虹里，他人已经为你布置好绚丽的世界。

可惜别人为你布置的景致，他随时都可以撤走。

所以，虾子要吃活着烧的，痛出来的鲜美，才足够颠倒众生。

无法说出我爱你

我希望买的鞋子是你渴望的颜色。
我希望拨通你电话时你恰好想到我。
我希望说早安时你刚好起床。
我希望写的书是你欣赏的故事。
我希望关灯时你正泛起困意。
我希望买的水果你永远觉得是甜的。
我希望点的每首歌都是你想唱的。

1

上学的时候，语文老师常指责同学词汇量太少。于是大家绞尽脑汁想新词，我还生造出过这么一句："像一次高空跳伞，身体飞速坠落，而心还留在云端。"坦白说我不太理解这是一种什么感觉。

越到后来，越发现描绘最精准的句子早就存在，而且大家都用滥了。

比如：整颗心沉了下去。心花怒放。耳边嗡嗡作响。脑海一片空白。话到嘴边又咽了回去。听不清楚自己在说什么。突然觉得对面的人很陌生。胸口一痛。胸口像被锤子狠狠砸到。这句话仿佛一把刀子扎进胸口。腿一软。脚不受自己控制。泪水在眼眶打转。气得手直哆嗦。怒火腾地冒起，烧得失去理智。后悔得直拍大腿。恨不得把他活劈了。呆若木鸡。整个世界都在旋转。一桶冷水浇在头上……

第一次感受到整颗心沉了下去，当时觉得除此句之外，别无描绘。后来沉得多了，已经可以分别"整颗心沉了下去"和"整个人沉了下去"的区别。

各种下沉。在黏稠窒息的沼泽中沉了下去。在无边黑暗中沉了下去。在不见底的深海中沉了下去。在冰冷的阳光中沉了下去。在流沙中沉了下去。在脆弱的气泡中沉了下去。

接着发现，描绘只能靠经历来解决。很多情况的表达方式是一样的，只有细微的差别，没有经历过，就无法陈述出不同。

2

看到小清新不要说矫情。看到没意义的段子不要说脑残。看到文艺范不要说装蒜。看到诗歌不要说无病呻吟。看到意识流不要说故弄玄虚。

每个人有自己的表达方式，如果你不喜欢，只能说明不是为你准备的。

你可以不接受，这是一种自由。但不屑和抨击，翻到另外一个世界观，只能说明你的无知和武断。

大家都要尊重各自的表达。

当然以上内容，在一种情况下，我是做不到的，就是确实写得太差。

3

我希望起身时，你会轻轻帮我掸掉衣服上不容易发现的灰尘。我希望写字时，手边的茶杯里一直是我喜欢的温度。我希望点烟时，你告诉我离今天的份额还有几根。我希望沉默时，你一言不发在身边我们却不会觉得尴尬。

我希望买的鞋子是你渴望的颜色。我希望拨通你电话时你恰好想到我。我希望说早安时你刚好起床。我希望写的书是你欣赏的故事。我希望关灯时你正泛起困意。我希望买的水果你永远觉得是甜的。我希望点的每首歌都是你想唱的。

如此多的希望，琐碎零散，每个都不同。

但它们悄然发生，你没有能力明确标明进程。

这就像一杯水和一杯沙子，倒在一起，哪怕失手跌落，沙子依旧是湿的，水依旧混着颗粒。

爱情是渗透到生活里去的，就像你觉察不到血液的流淌，但你一定知道它在全身流淌。

大张旗鼓大动干戈，一定是有问题的。

这就像人家原本是块面包，你硬生生切开，塞了鸡蛋火腿进去，生生变成三明治。

结局一般都是咆哮：好端端一个三明治，你抽走一片面包，老子鸡蛋火腿撒了一地你知不知道。

大家不要做三明治，去把自己的一杯水慢慢倒进沙子里去。

不要问我倒错杯子怎么办，因为我是一个三明治。

开放在别处

不管谁说的真话，谁说的假话，
都不过是一张岁月的便笺。
雨会打湿，风会吹走，
它们被埋进土地，
埋在你行走的路边，
慢慢不会有人再去看一眼。

表白是门技术活。

有人表白跟熬汤一样，葱姜蒜材料齐全，把姑娘当成一只乌骨鸡，咕嘟咕嘟小火炖着，猛炖一年半载。

有人表白跟爆炒一样，轰一声火光四射，油星万点，孤注一掷，几十秒决战胜负。

说不上来哪种一定正确。熬汤的可能熬着熬着，永远出不了锅，汤都熬干了。爆炒的可能油温过高，炸得自己满脸麻子，痛不欲生。

表白这门技术，属于一把钥匙开一把锁。世间最大的幸运之一，就是有扇门只对你未落锁，而你终于寻到，轻轻一推，欢喜的两人相视而笑。

我的大学室友大饼，看中对面女舍的黄莺。这姑娘平时不声不响，逢课必上，周末带着水杯去图书馆看书，日升看到日落。

大饼观察几天，决定动手。

我整晚都在劝说他，意思是谋定而后动，那姑娘长相清秀，至今没男朋友，背后一定有隐情，咱们要不长远规划一下什么的。

第二天我陪人喝酒，回宿舍已经熄灯，发现几个哥们儿都不在。找了隔壁弟兄问，说他们在宿舍楼顶。

我莫名觉得有些不妙，隐隐也很期待，赶紧爬到楼顶。

几个赤膊的汉子，以大饼为首，打着手电筒，照射对面黄莺的宿舍窗户。还没等震惊的我喘口气，他们大声唱起了山歌。

"哎……这里的山路十八弯，那里的黄莺真好看……哎……天生一个黄妹妹，就要跟大饼有一腿……哎……大饼哥哥是穷鬼，跟那黄莺最般配……"

我一口血喷出来。

这种表白不太好打比方，就像厨房里有人在炖汤，有人在爆炒，突然有个智障冲进来，抢了个生蹄就啃。

在大饼浩瀚的失败史中，本次只能算沧海一粟。他很快转移目标，一段时间没关注他，居然真的有了女朋友，个子小巧，名叫许多。许多对他百依百顺，贤良淑德，让弟兄们跌破眼镜，非常羡慕。

大饼得意地说，这是黄莺的室友，你说巧不巧。

之后出了桩奇怪的事情。学校传言，黄莺欠了别人一大笔钱，宿舍里众说纷纭，比较权威的讲法是，黄莺家境不好，受了高中同学的蛊惑，加入传销组织，当了下线。

传销的产品是螺旋藻，绿色健康药丸。黄莺给上线交了整学期的生活费，买了一堆。问题在于她必须发展下线，不然无法回收。但她的口才不具备煽动性，忙活半个月一无所获。

情急之下，黄莺跟班上女生赌咒发誓，说你们交钱给我，一定会赢利。最后她直接打欠条，假设其他女生收不回成本，就当是她借的钱，由她来偿还。三个女生抱着尝试的念头，就加入了。

钱交上去，谁也没能继续发展下线，很快人心惶惶，大家忍不住拿着欠条找黄莺算账。这事闹大了，全校区皆有耳闻。黄莺哭了好几个通宵，请假回老家问父母要钱。

让我惊奇的是，跟着大饼也不见了。他的女朋友许多接二连三打电话到宿舍，找不着人。大家不知如何解释，躲着不见她，最后将我推出来了。

在食堂，电视机放着《灌篮高手》。许多在对面一片沉默，打的几道菜由热变冷，我一直絮絮叨叨："不会有事的。"

许多低着头说："大饼喜欢的还是黄莺吧？我听说他去筹钱给黄莺。"

我脑子"嗡"一声，虽然跟自己没关系，却有一种想死的感觉。

许多站起来，给我一个信封，说："这里有两千块，你帮我交给大饼。他不用还我，也不用再找我。"

她走的时候，问我："大饼是你兄弟，你说他有没有真的喜欢过我？"

我说："可能吧。"

我不敢看她，所以也不知道她哭了没有。

后来大饼没有和黄莺在一起。他消失了一个星期，变了模样，隔三岔五酗酒，醉醺醺地回宿舍，不再玩表白这个游戏。

青春总是这样，每处随便碰触一下，就是痛楚。

他没找女朋友，许多同样没来找他。

晃过大三，晃过实习，晃过毕业论文，我们各奔东西。2005 年，我经历短暂的北漂，重回南京。

大饼是杭州一家公关公司的总经理，他出差到南京，拖我去一家富丽堂皇的酒店吃饭，说反正公款消费，都能报销，只要在公关费用限额内就行。

几杯下肚，他眯着眼看我，说："猜猜我为什么来这里吃饭？"

我摇头。

他说："当年我给了黄莺六千块，她没有要。"

我说："为什么？"

他说："黄莺自己解决的。"

我一惊。

他又摇摇晃晃地说道："那天晚上，她跟我聊了二十分钟，她找了个有钱的男朋友。"

我不作声。

他继续说："他妈的老子心如死灰呀。毕业后才知道，她当了这家酒店老板的小三，每个月给她一万块，还答应她毕业后就扶正。有钱人的话哪里能信，真毕业了，老板不肯离婚，只是替她安排一份工作。"

大饼神秘兮兮地凑到我耳边，说："她在这家酒店当经理，现在是总经理了。"

我问："那她现在？"

大饼干了一杯，说："能怎样，继续做二奶呗。"

我认真看了他一眼，说："你怎么知道得这么清楚？"

大饼一笑，说："我压根儿不关心，是有人跟我说的。"

结账的时候，他扫了一眼账单，嘿嘿冷笑，对服务员说："我们一共吃了三千四百多，账单为什么是五千多？"

服务员脸立刻涨得通红，连声道歉，拿回去重算。

服务员走开，大饼醉醺醺地说："喊他们总经理过来，问问她，当年不要我的钱，如今却来黑我的钱？"

我摇摇头，说："算了，何必，你何必见她。"

大饼定定看我，拍拍我肩膀："兄弟我听你的，这事就算了。别以为我不晓得，许多给我的信封里，里面是两千块，不是四千块，另外的两千块是你丫贴的吧？"

我也嘿嘿一笑。

大饼掏出喜帖给我："你一定要来，你的份子钱两千块，五年前已经给过了，别再给了。"

我一看喜帖，新郎大饼，新娘许多。

他乐起来，醉态可掬："告诉我黄莺怎样怎样了的，就是我太太许多。"

我说："她们是室友，知道这些不奇怪。"

大饼一挥手："兄弟我跟你说，女孩如果说我们不适合，我不喜欢你，也许我还会痛苦良久。只有她说，我要去当二奶，我只想嫁豪门，我就爱劈腿，那才是给对方最大的解脱，这样的女人能爱吗？所以你不明白，我是多么感谢最后有这样的答案。"

因为表示歉意，酒店送了一张贵宾卡，消费八八折。大饼说自己不在南京，就留给我用吧，填了我的资料。

司机将大饼弄回宾馆，我找家酒吧喝了一会儿。

我想，有机会，要听一听大饼和许多，他们亲自讲这个终究美好的故事。

第二天，酒店按照贵宾卡资料打电话过来，说为表达歉意，准备了一份礼物。我说礼物就不用了，你能不能告诉我，你们现在的总经理是谁。

对方报个名字，不是黄莺。

我不死心，说："会不会你们总经理换了名字，你想想看，是不是叫黄莺？"

对方笑着说："我们总经理是个男人，已经做了三年多，就算换过名字，以前也不会叫这么女性化的。"

两个月后，暴雨，奔赴杭州参加大饼的婚礼，差点儿被淋成落汤鸡。

我看到了许多，依旧小巧乖顺。

在叙旧的时候，许多偷偷和我说："你们去了黄莺的酒店？"

我点点头。

许多看着我，眼神突然有些伤感，说："毕业那天大家喝了好多酒，我哭得稀里哗啦。黄莺问我，为什么不同大饼在一起？我说，他喜欢的是你。她说，他现在怎么样？我说，跟我一样，一塌糊涂吧。黄莺抱着我，然后我们又喝了好多。她说，许多你要好好的。我说，一定会。她抱着我一直哭，眼泪把我肩膀都打湿了。她一边哭，一边告诉了我这些事情，给酒店老板做二奶的事情。"

许多沉默了一下，说："其实到现在，我依旧挺不能接受的，她为什么要选择这么生活？"

我的脑海里，恍惚浮现这么一个场景。

柔弱干净的女孩子，在学校广场的台阶上，满身冷冰冰的夜色，倔强地和男孩子说，不要你的钱，我有男朋友。

然后她开放在别处。

在这处，人们簇拥着大饼，把他推近许多，两人拥抱在一起，笑得如此幸福。

不管谁说的真话，谁说的假话，都不过是一张岁月的便笺。雨会打湿，风会吹走，它们被埋进土地，埋在你行走的路边，慢慢不会有人再去看一眼。

我们走在单行道上，所以，大概都会错过吧。

季节走在单行道上，所以，就算你停下脚步等待，为你开出的花，也不是原来那一朵了。

偶尔惋惜，然而不必叹息。

雨过天晴，终要好天气。世间予我千万种满心欢喜，沿途逐枝怒放，全部遗漏都不要紧，得你一枝配我胸襟就好。

最容易丢的东西

在季节的列车上，
如果你要提前下车，
请别推醒装睡的我。
这样我可以沉睡到终点，
假装不知道你已经离开。

最容易丢的东西：手机、钱包、钥匙、伞。

这四样不来回掉个几轮，人生都不算完整。

倒春寒，南京小雨连绵，管家桥打车，千辛万苦拦到辆还有客人，只能拼车走。当时我晚饭白酒喝晕，上车说了地点就睡着。头晕目眩醒来，钱包掉在脚底，刚想弯腰捡，司机冷冷地说："不是你的，上个客人掉的。"

我捡起来看了眼，见鬼，明明就是我的。

司机坚持说："不是你的，你说说里面多少钱，起码精确到几块吧。"

因为我丢钱包丢怕了，所以身份证不放里头，也从来不记得自己到底装了多少钱。司机咬紧不松口，只差停车靠边从我手里抢了。

我大着舌头，努力心平气和地解释，迎着司机冷漠的目光，我突然明白了，他就是想讹我。

紧要关头，后座传来弱弱的女孩子的声音："我可以证明，这钱包就是他的，我亲眼看着钱包从他裤子口袋滑出来的。"

司机板着脸，猛按喇叭，脑袋探出车窗对前面喊："想死别找我的车啊，大雨天骑什么电动，赶着投胎换辆桑塔纳是吧？"

下车后我跟跟跄跄走了几步，突然那女孩追过来，怯怯地说："你的钥匙、手机和伞。"

我大惊："怎么在你那儿？"

女孩说："你落在车上的。"

当时雨还在下着。女孩手里有伞，但因为是我的，她没撑。我也有伞，但在她手里，我撑不着。所以两个人都淋得像落汤鸡。

我说："哈哈哈哈你不会是个骗子吧？"

女孩小小的个子，在雨里瑟瑟发抖，说："还给你。"

我接过零碎，她立刻躲进公交站台的雨篷，大概因为她跟我目的地不同，急着还我东西，所以提前下车了。

我大声喊："这把伞送给你吧！"

女孩摇摇头。

她变成了我的好朋友。她叫瑶集，我喊她幺鸡。她经常参加我们一群朋友的聚会，却和大家格格不入，性格也内向。无论是KTV，还是酒吧，都缩在最角落的地方，双手托着一杯柠檬水，眨巴着眼睛，听所有人的胡吹乱侃。

这群人里，毛毛就算在路边摊吃烧烤，兴致来了也会蹦上马路牙子跳一段民族舞，当时把幺鸡震惊得手里的烤肉串都掉下来了。

这群人里，韩牛唱歌只会唱《爸爸的草鞋》，一进KTV就连点十遍，唱到痛哭流涕才安逸。有次他点了二十遍，第十九遍的时候，幺鸡终于听到吐了。

这群人里，胡言说话不经过大脑。他见幺鸡一个女孩很受冷落，大怒道："你们能不能照顾下幺鸡的感受！"幺鸡刚手忙脚乱摇头说："我挺好的……"胡言说："你跟我们在一起有没有一种被轮奸的错觉？"

我告诉幺鸡："你和大家说不上话，下次就别参加了。"

幺鸡摇摇头："没关系，你们的生活方式我不理解，但我至少可以尊重。而且你们虽然乱七八糟，但没有人会骗我，会不讲道理。你们不羡慕别人，不攻击别人，活自己想要的样子。我做不到，但我喜欢你们。"

我说："幺鸡你是好人。"

幺鸡说："你是坏人。"

我说："我将来会好起来，好到吓死你。"

朋友们劝我，你租个大点儿的房子吧，以后集体去你家喝酒看电影，还省了不少钱。我说好，就租了个大点儿的房子。大家欢呼雀跃，一起帮我搬家。东西整理好以后，每人塞个红包给我，说，就当大家租的。

幺鸡满脸通红，说："我上班还在试用期，只能贡献八百。"

我眉开眼笑，亏损总计不大。

一群人扛了箱啤酒，还没等我把东西整理好，已经胡吃海喝起来。

幺鸡趁大家不注意，双手抱着一个水杯，偷偷摸摸到处乱窜。

我狐疑地跟着她，问："你干吗？"

幺鸡说："嘘，小声点儿。你看我这个水杯好不好看？斑点狗的呢。"

我说："一般好看吧。"

幺鸡说："大家喝酒杯子混着，这个是我专用的，我要把它藏起来，这样别人就找不到，不能用我的了。下次来，我就用这个。这是我专用的。"

她仰起脸，得意地说："我贡献了八百块呢，这屋子里也该有我专用的东西啊。"

说完，她抱着水杯到处乱窜。

大家喝多了，东倒西歪，趴在沙发上，地板上，一个一个昏睡过去。

我去阳台继续喝着啤酒，看天上有星星闪烁，想起一些事情，心里很难过。

幺鸡蹑手蹑脚地走近，说："没关系，都会过去的。"

我说："你知道我在想什么？"

幺鸡说："在想别人呗。"她指着我手里，问："这是别人寄给你的明信片吗？"

我说："打算寄给别人的，但想想还是算了。"

我说："幺鸡你会不会变成我女朋友？"
幺鸡翻个白眼，跑掉了。

我也喝多了，趴在窗台上睡着了。听见幺鸡轻手轻脚地走近，给我披上毛毯。她说："我走啦，都快十二点了。"

我不想说话，就趴着装睡。

幺鸡突然哭了，说："其实我很喜欢你啊。但我知道你永远不会喜欢我，如果我是你女朋友，你总有一天也会离开我。我是个很傻的人，不懂你们的世界，所以我永远没有办法走进你心里。可我比谁都相信，你会好起来的，比以前还要好，好到吓死我。"

幺鸡走了。我艰难坐起身，发现找不到那张明信片。可能幺鸡带走了吧。

明信片是我想寄给别人的，但想想还是算了。

上面写着：

是在秋天认识你的。夏天就要过去，所以，你应该在十年前的这个地方等我。你是退潮带来的月光，你是时间卷走的书签，你是溪水托起的每一页明亮。我希望秋天覆盖轨道，所有的站牌都写着八月未完。在季节的列车上，如果你要提前下车，请别推醒装睡的我。这样我可以沉睡到终点，假装不知道你已经离开。

082

我抬起头，窗外夜深，树的影子被风吹动。

你如果想念一个人，就会变成微风，轻轻掠过他的身边。就算他感觉不到，可这就是你全部的努力。人生就是这样子，每个人都变成各自想念的风。

后来我离开南京。走前，大家又凑了笔钱，说给我付这里的房租。我说没人住，为什么要租着。管春说："你出去多久，我们就给你把这房子留多久。你老是丢东西，我们不想让你把我们都丢了。"

我到处游荡，搭车去稻城。半路抛锚，只好徒步，走到日落时分，才有家旅馆。可惜床位满了，老板给我条棉被。我裹着棉被，躺在走廊上，看见璀璨的星空。正喝着小二取暖，管春打电话给我，闲聊着，提到幺鸡。
管春说，幺鸡去过酒吧，和她家里介绍的一个公务员结婚了。

我不知道她生活得如何，在泸沽湖的一个深夜，我曾经接到过幺鸡的电话。她在电话那头抽泣，不说话，我也不说话，只是静静听着一个女孩子伤心的声音。
我不知道她为何哭泣，可能那个公务员对她不好，也可能她只是喝多了。

后来，她再未联系我。就算我打过去，也没有人接。又过了两个月，我打过去，就变成空号了。

　　一年多后，我回到南京。房东告诉我，那间房子一直有人付房租，钥匙都没换，直接进去吧。

　　一年多，我丢了很多东西，可这把钥匙没有丢。

　　我回到家，里面满是灰尘。

　　我一样一样整理，一样一样打扫。

　　在收拾衣橱时，把所有的衣服翻出来。结果羽绒服中间夹着一个水杯。斑点狗的水杯。

　　我从来没有找到过幺鸡的杯子在哪里。

　　原来在这里。

第三夜

The third night

执着　　一路陪你笑着逃亡

从你的
全世界路过

最基本元素

想了解一个人，
比起他说话的内容，
其实他说话的方式与途径更重要。

你的欲望，
决定着你说话或者做事的方式与途径。
欲望，就是最基本元素。

1

　　想了解一个人，比起他说话的内容，其实他说话的方式与途径更重要。

　　我们常常会听出一段对话的弦外之音，比如别人请你吃饭，坐下来之后翻翻菜单说，这家也没什么好吃的，你就得赶紧把菜单拿过来说，随便吃吃，然后点一些便宜的。

　　就算打招呼，朋友问，最近好吗？发生在深夜来电，或者好久不见的突然约会，那他就是想找人倾诉，因为他在等你回答：还好，你呢？

医生朋友告诉我，一个自杀的人，一般会选择好自杀的方式。投河，上吊，服毒，卧轨，割腕，他会上网查好资料，哪一种更符合他的意图。这些方式的致死时间和可能性，他会比普通人更了解。真正自杀的人，他恐惧的只有一点，死不掉怎么办。

所以，买安眠药的，目的大多不是死亡，而是恐吓、威胁，甚至是表白。因为安眠药吃不死人，发现得早，喝矿泉水然后呕吐。发现得晚，送进医院去洗胃。

买的是除草剂，那求死的心坚硬得可怕。除草剂，无法抢救，只能慢慢失去身体机能，几天到十几天后死亡，没有治疗的可能性。

想了解一个人究竟在想什么，比起他所做的内容，其实他所做的方式与途径更重要。

这就是了解一个人的基本元素。

2

我的大学同学王亦凡，大二的恋爱事迹广为流传。

他猛烈地喜欢低一届的学妹，身为旷课霸王，居然连陪女生上通宵自习这种丧心病狂的事情都干得出来。

当然，能到达这个地步的男生不在少数，让王亦凡称雄的是另外一件。

我记忆犹新，2001 年 12 月平安夜，王亦凡在宿舍仔细擦抹首饰盒。里面装着他花三千多块买来的戒指，对月生活费四百的他来说，应该历经了千辛万苦。

当晚，他脚步轻快地去献宝。

直到熄灯后他才回宿舍，脸色红润。大家憋着劲儿不问他，打呼打得一个比一个响亮。他躺在床上辗转反侧，终于出声："小茜说，这是她收到的最好的礼物。"

像我这样的穷狗，圣诞来临，只送了个水杯给女生，四十五块。你送三千多的戒指，别人能说不好吗？估计大家都是意难平，开始真的打呼。

第二天，王亦凡破天荒大清早去图书馆复习。

中午回来，他脸色苍白，嘴唇颤抖地说："我找不到小茜。"

室友打趣："不会携款逃跑了吧？"

王亦凡不停打电话，小茜的室友永远回复，她不在宿舍。

最后，我假装是学校老师，打过去问。她室友惊奇地说："老师，你不知道小茜去国外读书了吗？"我大惊失色："什么时候？"她室友说："今天早上的班机呀！"我说："她不是谈了个男朋友吗？"室友咯咯笑："哪儿跟哪儿啊，追她的不止一个，索性飞走才好呢，省心。"

宿舍一阵沉默，大家都在克制跳八字舞的冲动。

当然还是要安慰他的：哈哈哈哈这种贱货不要也罢哈哈哈哈可惜了三千多块哈哈哈哈。

3

小茜真的图那戒指吗？

她说这是她收到的最好的礼物，有真心的成分吗？

不知道。

因为纠缠在这个问题上的不是我，而是王亦凡。

4

毕业不在同城，但每年我都会和王亦凡喝几次酒。

2010年初，王亦凡跟我重聚南京新街口的某酒吧。

毕业四年，他的其他辉煌传奇，已经完全将戒指事件湮没了。朋友间一直流传，他是我们之中，唯一达成百人斩的伟男子。大家曾经筹划，让他把四年的经历写下来，一定不逊色于《西门庆外传》。

王亦凡坐在我对面，叼着扁盒三五，沉着冷静地聊他百人斩中的难忘案例。

但他这次似乎和以前不同，数次欲言又止。

我没追问。

王亦凡猛灌几口，说："我想告诉你一件事。"

我看着他，突然心跳加速。

王亦凡喝完一瓶，眼神闪烁，叹口气。

他犹豫半天才叙述。

在一趟列车上，对面下铺的是位少妇，气质良好，眼神顾盼生姿。当然，王亦凡没有告诉我勾搭的具体过程，因为据说这是江湖秘籍，传子不传友。

列车停靠天津站台，两人默契地直接下车，去开了房间。

少妇睡着后，王亦凡突然发现自己还得重买车票，身上又没多少钱。于是做了一个大胆而梦幻的决定，他去翻少妇的包，打算借点儿资金。

然后，他翻到了一本军官证。

空军少校。

王亦凡吓坏了，胡乱穿了衣服直接溜走。

听到这里，我也打了个寒战，这种事和军队一有联系，总感觉会被枪毙。

然后王亦凡说，他从此换了手机号码。直到一个月后出于好奇心，把以前的 SIM 卡装进手机，发现有她的几十个电话。

我一哆嗦，说："赶紧忘记，彻底别用以前的号码了。"

王亦凡沉默一会儿，说："嗯，但我身体好像有些问题。"

我紧张地问："别啊，难道……"

王亦凡说："我检查过了，血液没问题。"

我松口气："那可能是你的心理暗示。"

王亦凡点点头："算了，你别跟其他人讲。"

我同意，但是看着他略带苍白的脸，忍不住也讲了个故事。

5

我曾在电视台工作，带了实习生。实习生每天开车，但进台要有出入证，实习生照道理办出入证非常麻烦。可是不到一周，他的车窗后就摆好了一张。

要么他是台领导的亲戚，要么他跟综合部混得很好。这两个原因无论是哪一种，都让我极不舒服。

实习生大概看出了我的不自在，悄悄告诉我："张老师，你知道吗，在一切需要出入证的单位附近，离它最近的打印复印店，就能发给你出入证。"

我没听明白，问："什么意思。"

他说："哈哈，这个出入证是我找家附近的打印店打印的呀，二十一张，塑封加二十。"

我懂了，这就是人民的智慧。

6

说完这个故事，王亦凡眼睛闪过奇怪的表情，他说："你的意思，军官证是伪造的？"

我递给他一杯酒，说："不合理，所以有可能。"

王亦凡喃喃地说："伪造的啊，真见鬼。"

嗯，伪造的。

7

一个人说话或者做事，为什么下意识地选择一种方式与途径？

因为欲望。

有人抽烟，有人酗酒，有人吸毒，有人疯狂购物。这统一被称为瘾。

瘾的形成，永远来自感官刺激。

一些轻度感官刺激来自简单机械化动作。你嗑瓜子没办法停下来，不是瓜子香，否则为什么你不直接买瓜子仁？所以人们常说，自己嗑的香，这个香来自反复的机械化动作。

这是浅层的，因为你要摆脱的话，大脑下命令即可。

但更多的瘾，代表着大脑已经被控制，转而成为瘾的载体。

瘾是化学反应，因为你身体无论哪个部位受刺激，都会将感受输入大脑，大脑收到化学反应后的分泌物，然后依赖。

如果我们要彻底了解一个人，那就必须了解他的瘾是什么。

美食是瘾。如果贪吃，那你的瘾只处于填充阶段，它填充你的成就感，因为你在事业爱情上满是失落。接着是馋嘴，那你的瘾开始处于染色阶段，它在定型你的性格。最后，愿为一顿食物做出牺牲，跋山涉水，那你的瘾就处于最后阶段，腐蚀。因为它成为你的准则，它彻底腐蚀了大脑。

瘾是欲望。无论是填充、染色，还是腐蚀，都将呈现为欲望。

打游戏、买高跟鞋、刷微博、熬夜、抑郁、旅行、说风凉话、八卦……都是瘾，那么，你的欲望是什么？

当到达腐蚀后，产生的后果，你无法想象。

你的欲望，决定着你说话或者做事的方式与途径。

欲望，就是最基本元素。

称之为元素，你要明白，一个人背后的真正意图，并不是艺术、哲学、心理学、社会学可以抵达的。要完成最基本目标，最终手段是数学和化学。

化学让你产生欲望，数学得出你采用某种方式的概率。

所以，我说了出入证的故事，并不是要解释军官证的来源。

我的本意，是想婉转地提醒，王亦凡，伪造身份就是你的瘾。

伪造女人杀手，伪造百人斩，伪造堕落浪子的身份。

8

2010 年 4 月 24 日，王亦凡死亡。

住院两个月，治疗无效。

他的尸体触目惊心，一米七六的身高，瘦到四十公斤以下，毛发牙齿全部脱落，肚脐深深腐烂，一直能够看见内脏。

医院和警方无法查出死因。

小茜参加了他的葬礼，我在角落，看见她咬着嘴唇，一声不吭，但泪水布满脸庞。眼神充满绝望和痛苦。

9

2001 年 12 月 24 日　晴

我去送戒指给小茜。

她明天就要飞走了，自己虽然不能跟她在一起，可忍不住想：如果在她身边，有一样东西是属于我的，那么从此以后，哪怕无法相见，她也会永远记得我。

其实我问过自己，如果她彻底忘了我，这样，她是不是会更幸福？

对，我知道，她并不爱我，那，我就不应该在她生命中留下一点点困惑。

记得我，还是忘记我？大家都出去过节了，我独自一人，捧着戒指，眼泪突然掉下来。

小茜说，王亦凡，我不能收这么贵的礼物。

我说，将来会有人对你更好，送你更贵重的礼物。我只是想，至少到现在这个时刻为止，这是你收到的最好的礼物。我能在你生命的某一阶段做到最好，是我活下去的理由。

小茜沉默一会儿，说，王亦凡，这是我收到的最好的礼物。

我泪如雨下。

小茜也哭了，说，王亦凡，我不会忘记你的。就算我并不爱你，但我会永远记得你。

2003 年 7 月 8 日　暴雨

我和张嘉佳在食堂喝酒。

我忘不掉小茜。

张嘉佳说，何必单恋一枝花，那么多女人，你换一个爱，一切会好的。

他拉着我去了市区的一条巷子，请我去桑拿。

在完事后，我看着那个穿衣服的女人，胃里一阵抽搐，差点儿当场呕吐出来。

但是，我突然有了快感。

堕落，是救赎。

2004 年 12 月 24 日　小雪

一年多，我编了不下十个故事。

每个故事都有个女人，被我玩弄的女人。每次当我假装不屑和冷淡，和朋友聊起这些虚幻的女人时，是我心里最满足的时候。

我又满足又恐慌。

因为我觉得，不需要自己编造，脑海里开始自动呈现各种情节。各种欺骗女人、玩弄女人的情节。

我的工作，只不过是复述一遍而已。

2004 年 12 月 25 日　小雪

我翻开小茜的博客。

我惊喜地发现，昨天她发的博客，只有一句话：如果这个世界上，有个好人是因为我才变成坏人，我该怎么办？

我想，她一定是通过朋友，或者同学，知道了我的情况。

原来让她关心的方法很简单，就是让她发现，我在堕落。

2009 年 1 月 8 日　晴

我编了一百八十九个女人。

小茜写过的博客，有十一次跟我有关。

比例是 6%。

虽然她已经结婚生子，但我能察觉到，她有巨大的痛苦埋藏在内心深处。

我在摧毁自己。

我进了七次医院。

医生查不出原因。

2009 年 11 月 1 日　晴

小茜离婚了。孩子没有判给她。她很痛苦。

我鼓足勇气，用网名在她博客上留言。她开始依赖我。

2010 年 2 月 5 日　雨

我越来越克制不住去找小茜的念头。

我甚至想把这念头告诉朋友，最后咽了回去，讲了梦里的女军官故事。

2010 年 2 月 7 日

我决定去找小茜。可是连起床的力气都没有，打字也很艰难。

我是不是快死了？我是不是送不了她礼物了？

10

在我合上王亦凡的日记本的时候，恐慌充盈心脏。

当瘾到达腐蚀的阶段，呈现出的欲望如同地狱的火焰，吞噬我的身体和灵魂。

你呢？

你有什么瘾，到了填充、染色，还是腐蚀的阶段？

你在发胖吗？你在愤怒吗？你在淘宝吗？你在发呆吗？你在诅咒吗？你觉得如今的生活模式是理所当然的吗？会不会在梦里发现已经离原本的自己很远？

一切像小小的苗，种植在你心里，你施肥，你浇灌，你下意识地保护它。只要被药片催化，一棵参天大树就枝叶繁茂，缠绕住你的大脑。

你的方式与途径，被欲望控制到了什么程度？

我不知道你，但是我知道自己。

每年，我将酒杯递给王亦凡的时候，看着他飘忽的眼神和毫无异样的酒水，心里都有个声音在响。

我得不到的女人，都将痛苦终生。

和我抢女人的男人，都、得、死。

小野狗与小蝴蝶

在一切最好的时光里，
都闪烁着我们所有人的影子。

从前有一条小野狗，他孤单单地生活在角落里。

偶尔看见蝴蝶飞过去，心里没有死掉的部分，会颤抖一下。那双翅膀上的花纹映入他的眼帘，刚要和回忆重合的时候，就飞呀飞的，飞走了。

小野狗匍匐在泥水里，头上有树荫，下雨天冷冰冰的，打在身上像一顿乱拳。他只能舔舔自己，太阳出来，缩到洞里，然后胡乱探出脑袋，跟大家打招呼。大家笑成一团，都说，小野狗真脏。

蝴蝶飘到他头顶，说："陪我玩儿吧。"小野狗呆呆地看着她，说："我飞不起来。"

蝴蝶说："没事没事，我陪你飞我陪你飞，你试试看。"

小野狗大喊一声："嗨哟！"一跳三尺高，空中停留不住，"扑通"掉到地面上，摔断了几根肋骨。

好多狗狂奔过去，嚷嚷着："找骨头去，找骨头去，跑慢了没得吃。"

小野狗小心翼翼地对蝴蝶说："我先去找点儿骨头，饿死可不是玩儿的。"

蝴蝶说："好，你跑快点儿，抢到了骨头，我帮你搬，这样比别人抢得多一些。"

小野狗努力点点头，瘸着腿一阵跑。腿很痛，但开心呀，所以他一边跑一边唱歌。

没跑多久，天忽然刮风，忽然打雷。小野狗心想：真可怕，骨头还没抢到，我要死在荒野里了。

蝴蝶在他耳边飞翔，说："加油加油，我们去抢骨头。"

小野狗又痛又难过，脸上开心地笑，说："好啊，蝴蝶，以后咱们都一起去抢骨头。"

又跑了一会儿，小野狗摔进了大泥坑，污水哗啦啦灌，转眼就淹到了他的脖子。

小野狗来不及哭，只是奋力抬头看蝴蝶，然后拼命跳。他跳着跳着，却不会飞，怎么都跳不出去。他怕蝴蝶着急，就笑着喊："我出来了，我快出来了！"

因为跳得太剧烈、太频繁，所以他的声音听起来很可笑。

蝴蝶收起翅膀，驻足在泥坑边。她很认真地盯着丑陋的小野狗，看了好一阵，说："我们以后真的一起抢骨头吗？"

小野狗用力点点头。他傻傻咧着嘴笑，眼泪一滴滴从心里流出来，从记忆深处漫上来，浮到最快乐的空间，结果笑容也是咸的。

蝴蝶拽着他的耳朵，扑棱着翅膀，全力拉呀拉。

雨还是在下，蝴蝶的翅膀湿了。

小野狗看得心疼，猛地一扑，爪子扑在坑沿上。

笨笨的小野狗叫："我们抢骨头去，我们抢骨头去！"

蝴蝶松开了他。

世界一丝一丝地失去颜色。

蝴蝶说："我的翅膀很久以前就破碎了，只要能救你，再碎一次也没关系。"

小野狗说："抢骨头去抢骨头去。"

其实他在想，就算不要骨头，也不能让蝴蝶的翅膀碎掉。

蝴蝶说："你将来一定会有很多很多的骨头，到那时候，你就不是小野狗了。真希望早点儿看到那一天啊。"

小野狗说："抢骨头去抢骨头去。"

其实他在想，一起抢骨头。这句话，我爱的不是宾语，而是状语。我爱的不是骨头，而是一起。

巨大的雨点扑了下来。

蝴蝶蓦地飞起，盘旋几圈，离开了。

离开的刹那，她的眼泪掉了下来。

从漫天的雨点里，小野狗清晰地分辨出，哪一滴才是她的眼泪。

眼泪掉在他受伤的肋骨，"吱啦吱啦"地烫人。

小野狗默不作声，终于爬出了坑。他也不抖去所有的水，就挪回了原来的地方。

原来的地方，没有蝴蝶在飞。

小野狗也不会飞。

小野狗不抖去所有的水，因为身上还有那滴眼泪。

因此他全身冷透，却动也不动。

小野狗想，蝴蝶，小野狗不但想你，也想和你一起去抢骨头，无论抢不抢得到，都要在一起。

他没有蝴蝶，只有蝴蝶的一滴眼泪。

回忆不能抹去，只好慢慢堆积。岁月带你走上牌桌，偏偏赌注是自己。

你燃烧，我陪你焚成灰烬。你熄灭，我陪你低落尘埃。你出生，我陪你徒步人海。你沉默，我陪你一言不发。你欢笑，我陪你山呼海啸。你衰老，我陪你满目疮痍。你逃避，我陪你隐入夜晚。你离开，我只能等待。

没有很好的机会跟你说一声"再见"，以后再也见不到你。比幸福更悲伤，比相聚更遥远，比坚强更脆弱，比离开更安静。

终将有一天，我要背上行囊登船了。不是那艘钢铁巨兽，只是一叶很小的竹筏。我会努力扎起薄弱的帆，希望你能看见一点遥远的白色。或许在深邃的宇宙中，偶尔你能注视一眼。

那就会让我知道，你安全地降落在另一片土地上，欢歌笑语，我们已经记不起什么叫作惆怅。

莫非就是这样

辜负谁，拥抱谁，牺牲谁，
幸福的路七拐八绕，
眼泪微笑混成一团，
时间过去，
一笔笔账目已经算不清楚。

我有两个高中同学，男的叫罗格，女的叫莫非，两人在高三谈恋爱，后来上了不同城市的大学。

第一个学期还没结束，两人就不了了之。

那时候莫非在火车站等待罗格，可是只等到一条 BP 机信息：不去了，我们分手吧。

去年莫非到南京，我们喝了一会儿茶，之前打过电话给罗格，下午三点碰头。

再次见到罗格，他正在公园抽烟，脚下全是烟头。

罗格和太太闹离婚，太太约他到公园谈判，走的时候把他的车和钱包拿走，结果他身无分文，回不去。

我们拦出租车送他到家，怎么也打不开门。

邻居说，他出门不久，他丈母娘就带着锁匠过来，把门锁给换了。

原来这只是一个调虎离山计。

当天晚上我们喝酒，罗格慢慢哭了，说是他的错，阴错阳差找了小三。可太太也不是省油的灯，发现他在外面有女人后，窃听他手机，有次半夜醒来，太太拎把菜刀在床边盯着他。

我们听得无言以对，不寒而栗。

大概十点左右，太太打电话来，说离婚可以，家里两套房子一大一小、一辆车、二十万存款，大房子留给罗格，其他车子公寓和存款她要拿走。

罗格挂了电话，和我们说了电话内容。莫菲说，如果是她，就算把房子还给他，也要把房子里放一把火全烧干净，至少家具全砸掉，要还只还一个毛坯房。

醉醺醺的罗格拍案而起，说根据他对太太的了解，一定会这么干。于是他强行拖着我们，到那套小公寓，说明天要给太太，今天也把里面全砸个痛痛快快。

来到公寓后，罗格下不去手。这里有他们夫妻的回忆。一点点攒钱，长辈的首付，咬紧牙关还的贷款。罗格举着锤子，落不下来，抱头痛哭。

借着酒劲儿，莫菲问罗格，当年为什么分手。罗格沉默了一会儿，说，我们那时候不叫爱，后来我爱上了现在的太太。

莫菲又问，那为什么现在不回头尝试和太太重新在一起？罗格轻声说，那个女人已经怀孕四个月了。他重重叹口气，说，为什么要到无法收拾的地步，才知道自己究竟爱的是谁？那时候已经来不及了。

第二天莫菲离开南京，我陪罗格去和他太太交换了钥匙。

我们心惊胆战地打开门，结果里面打扫整洁，窗明几净，看不见一丝杂乱。桌上一个铁皮盒，里头放着罗格从大二开始写给太太的情书，一共四十几封。

罗格太太打来电话，泣不成声："我知道她怀孕了。如果你不能对爱情负责的话，那至少还是对一个生命负责的，我不恨你。"

"你去吧。"

罗格默不作声，泪流满面。

我脑海里回响起罗格喝醉后，在公寓里放下锤子，蹲在地上的喃喃自语："那个女人已经怀孕四个月了，为什么要到无法收拾的地步，才知道自己究竟爱的是谁？那时候已经来不及了。"

刚接到莫菲的结婚喜帖，我才想起这件往事。据说罗格的前妻再婚后已经移民加拿大，而他自己刚买了新车，是辆七座的保姆车，打算带着老婆小孩父母去自驾游。

辜负谁，拥抱谁，牺牲谁，幸福的路七拐八绕，眼泪微笑混成一团，时间过去，一笔笔账目已经算不清楚。

旅行的意义

美食和风景的意义，
不是逃避，不是躲藏，
不是获取，不是记录，
而是在想象之外的环境里，
去改变自己的世界观，
从此慢慢改变心中真正觉得重要的东西。

有位朋友，和我一起去了菲律宾。三天过后，他跟当地做 BBQ（烧烤）的某土著汉子混得烂熟。两个人英文都很烂，就靠着四百以内的词汇量每天尽情沟通。

他问土著："Why are you so black？[1]"

土著答："Why？[2]"

---

[1]　意为：你为什么黑成这个鬼样子？
[2]　意为：为什么？

他说："Because the sun fuck you every day，miehahahaha...[1]"

土著拿烧红的炭丢他裤裆。

我要认真介绍这位朋友，因为接下来大家要跟着他学习英语常用对话。

他个子不高，所以我们都叫他矮货。他的太太觉得这名字过于通俗，应该洋气一点儿，就加了后缀，变得非常高端，叫矮货 Five，听起来像社会上流人士才会用的智能手机。

坐国际航班，他旁边有个外国小胖子一直哭。小胖子的金发妈妈怎么哄都没用，于是矮货 Five 搂着小胖子，开始唱摇篮曲："Cry...Cry...Cry...Die！[2]"

金发妈妈震惊得奶瓶都掉了。

抵达机场，过境的时候，矮货 Five 趁着工作人员替他在签证上盖章，赶紧问："Do you know where we can dongcidaci？[3]"

大家觉得有趣，排在后面没管他。

菲律宾姑娘眨巴眼睛，他又问："You looks do not know dongcidaci，唉，Do you know...know where 好吃的鸡翅？ 鸡翅！ Chicken fly 啪啪啪啪 Like hands 啪啪啪啪……[4]"

我们排在后面笑得前仰后合。

---

[1] 意为：因为你每天都被太阳猛削，咩哈哈哈哈……（失态的笑声）

[2] 意为：哭吧哭吧哭吧哭断气了吧！

[3] 意为：你知道我们能上哪儿去"动次哒次"（以音效指代酒吧）吗？

[4] 意为：你看上去不知道哪里有"动次哒次"，那你知道哪儿有好吃的鸡翅吗？就跟手一样的，鸡翅？飞起来"啪啪啪"的？

菲律宾姑娘依旧眨巴眼睛，无语。

他觉得很无趣，掏出一个十比索的硬币，丢在柜台上说："Surprise！[1]"

塞普赖斯你大爷啊！这样会被抓起来枪毙的吧？

在船上，他悄悄地问英文最好的朋友，如何在菲律宾吃得开？

朋友想了想说，你一定要学会一句英文：Keep the change[2]。

矮货 Five 如获至宝，沉沉睡去。

下船他看中一顶帽子，开价五十五比索，他奋力还价，还到四十五比索。接着，他掏出两张二十比索的纸币，一枚五比索的硬币，共计四十五比索，递给老板娘，严肃地说："I love you，so，Keep the change. [3]"

Keep 你妹的 change 啊！一共正好四十五比索好吗？ You love her[4]就给 her 一百比索可以吗？

晚上在白沙滩泡吧，他开始勾搭妹子。

而且他的目标还是个洋妹子。

杨梅汁（洋妹子）问他："Where are you from？[5]"

他得意地笑笑，指着海洋说："Go，go ahead，and turn left.[6]"

---

[1] 意为：惊喜吧！

[2] 意为：不用找钱了。

[3] 意为：我爱你，所以不用找钱了。

[4] 意为：你爱她。

[5] 意为：你来自哪里？

[6] 意为：走，一直往前走，然后左转就是了。

杨梅汁翻个白眼，说："Go to hell！[1]"

他登时手舞足蹈，狂歌乱舞，快乐得不行。

我一把拉住他，喊："你怎么了？"

他得意地说："那个杨梅汁让我 Go to high.[2]"

我忍不住抽他一耳光。

矮货 Five 跟烧烤土著是这么认识的。

我们沿着码头瞎转悠，碰到一个 BBQ 摊子，老板赤裸上身，肌肉隆起。

矮货 Five 很激动，问大家："强壮怎么说？"

我说："应该是 Strong 吧。"

他兴冲冲跑过去，对着老板说："You are so s...s...s...[3]"

大家都很紧张。

他终于想起来了，高兴地喊："Stupid！[4]"

大家扑倒。

他又举起自己的胳膊，骄傲地说："Me too！[5]"

老板扑倒。

我们第二天去玩海上项目。

---

[1] 意为：去死啦！
[2] 意为：去爽一下。
[3] 意为：你真是太……太……
[4] 意为：傻×！
[5] 意为：我也是！

大家决定玩飞鱼，每人一千比索，再玩沙滩车，每人两千比索，商量这样能不能砍砍价格，送我们一个帆船游，价值五百比索。

这通想法用英语来叙述，看起来有点儿难度，矮货 Five 自告奋勇去沟通。

他拿着我们的钱，跑过去十秒钟，转眼就回来了。

他得意地说，一句话就搞定了。

我们大惊，问："一句话怎么砍的价？"

他说："Keep the change."

大家冷静地说："Go to hell."

第三天，星期五沙滩搭架子搞舞台，菲律宾大明星要献唱。

人头攒动，我们也去凑热闹。

菲律宾大明星一抬手，山呼海啸；菲律宾大明星一压手，鸦雀无声。

菲律宾大明星看着台下，矮货 Five 尽管不认识他，但依旧狂叫，狂跳，挥舞毛巾。大明星指着他，喊："Who are you？" [1]

矮货 Five 狂叫："You are so s...s...s..."

我们大惊失色，想去捂住他嘴巴已经来不及了。

矮货 Five 再次狂叫："You are so Stupid！"

我们赶紧撤，从鸦雀无声的人群中偷偷溜走。

在背后，传来矮货 Five 更加兴奋的喊声："I am happy！ Go to hell！ [2]"

菲律宾人民围了上来。

---

[1] 意为：你是谁啊?
[2] 意为：我好开心! 去死吧!

离开菲律宾的时候，矮货 Five 突然说，既然我们都想环游世界，那么肯定要会说一点儿英文。

我心想，妈蛋，你那一点儿也太少了。

矮货 Five 说，就算我会的英文很少，我还是会争取一切出去旅行的机会。因为我不想再跟以前一样难过。

矮货 Five 说，美食和风景，可以抵抗全世界所有的悲伤和迷惘，这是你告诉我的。

我点点头。

矮货 Five 认真地说，我想通了。美食和风景的意义，不是逃避，不是躲藏，不是获取，不是记录，而是在想象之外的环境里，去改变自己的世界观，从此慢慢改变心中真正觉得重要的东西。

就算过几天就得回去，依旧上班，依旧吵闹，依旧心烦，可是我对世界有了新的看法。

就算什么改变都没有发生，至少，人生就像一本书，我的这本也比别人多了几张彩页。

这就是旅行的意义。

催眠

我盯着他的笑容，
脑海中浮现出一个念头，
巨大的恐惧开始蔓延，
手不自觉地发抖。
他依旧微笑，
看着一步步往后退的我，
手指竖在嘴边，
做了个噤声的手势，
悄声说："她发现了我的秘密。"

1998 年，我有个高三同学，叫葛军。他的爱好跟人不同，估计从《法制日报》之类的东西上看到催眠这一玩意儿，开始热衷于此。

有次自习课，老师在前面批卷子。他在众目睽睽下，施施然走上去，对着五十多岁的老头说："现在闭上眼睛，感觉到海洋和蓝天，脱光衣服跳进去吧，让温暖包裹你的肌肤，好的，我数到五，你就立刻在卷子上打一百分。一、二、三、四、五……"

全场沉默，老头缓缓放下笔说："要是我脱光衣服，能让你真的考一百分的话，我倒不是很介意。"

后来葛军被全校通报批评，但是没有写清楚原因。其他班级疯了一样流传，原因是他对快退休的化学老师耍流氓。

高考后十年，我跟他联系不多。直到偶然的机会，发现他居然跟我住在一个小区。

2008 年，小区门口发生醉驾案，撞死七个人，三男四女。地面长长的血迹，洒水车过来洗地洗了一个多钟头。醉驾司机当场被逮走，他家门口被一群人堵着，里头有记者，应该是冲着司机家属去的。

出事后三周，路两边都是烧纸的死者亲友，深更半夜都能在家听到哭号。天一黑，小区就阴气森森，门口传来幽幽的哭声。老人说，七个枉死的冤魂在认回家的路，这段时间，大家晚上还是不要出门的好。

一天因为加班，回家后半夜一点多。出租车司机看过报纸，只肯停在小区门口。走进大门已经没有人，我绕过一堆还在冒青烟的纸钱，突然感觉背后凉飕飕的，鸡皮疙瘩蓦然起来，不敢回头，加快脚步往前。

我能听到脚步声。比我的慢一拍。

然后有人喊我："张嘉佳，你是不是张嘉佳？"

我一回头，看见的是个血人，路灯下全身深红色，血滴滴答答的，面容狰狞，向我扑过来。我吓得当场晕过去。

醒过来躺在家里床上，葛军微笑着递给我一杯热茶。

我目瞪口呆，葛军说，他当时也刚巧回家，碰到了我，于是对我催眠，开了个玩笑。

我结结巴巴地说："那个血人……"

葛军微笑着说："是幻觉。"

我说："那我是怎么进家门的？"

葛军说："被催眠了，我指挥你认路到家，自己开门。"

我猛地跳下床，惊恐地看着他。

葛军拿起手机冲我晃晃，我一瞧，才两点，也就是说整个过程不到十分钟。

我说："催眠不是要对着人说，感觉到海洋和天空，跳下去被温暖包裹什么的吗？"

葛军说："不，催眠主要靠节奏。人睡眠的时候，心跳的节奏会放慢。但每个人的节奏不同，高超的催眠师能在最短的时间，找到你心脏节奏，然后用外界的影响，来让你的心脏迅速进入最适合睡眠的状态。接着通过血液进入大脑的频率，深度控制躯体，这就是催眠的第一阶段。"

我恍然大悟："你是用那个脚步声……"

葛军点点头。

我说："按你的讲法，如此轻松地催眠别人，又能够控制对方，想让他干吗就干吗，那岂非……很危险？"

葛军说："是的，这个世界很危险。"

我想了想说："那环境很嘈杂的话，就没有办法催眠了吧？"

葛军摇摇头："不管安静还是嘈杂，都比较容易。我甚至可以将催眠的节奏完整地录入音乐里，变成彩铃，你一打通我的电话，就被催眠了。"

我不可思议地看着他："所有人吗？"

他沉默了一会儿，说："只是对部分人有效，尤其是自我意识强烈，容易不耐烦，爱对自己发脾气的，这种人最会被外界环境干扰。比如，坐火车特别容易犯困的，一到半夜就饿的，起床就克制不住上网欲望的，手机装满软件的，这类人被催眠的概率远超过其他人。"

我也沉默了一会儿，说："你怎么半夜还在外面逛？"

他说："因为找我的人太多，我出来躲躲。"

我一愣，吃惊地说："不会吧……"

他点点头，微笑着说："对，撞人的是我太太。"

我盯着他的笑容，脑海中浮现出一个念头，巨大的恐惧开始蔓延，手不自觉地发抖。

他依旧微笑，看着一步步往后退的我，手指竖在嘴边，做了个嘘声的手势，悄声说："她发现了我的秘密。"

我退到墙角，问："什么秘密？"

葛军没有逼近，只是微笑，说："我这样的人有很多很多，存在于每个城市的每个角落。你知道谁会雇用我们？"

没等我回答，他继续说："别猜了。来，一、二、三、四、五，你家的房子该拆迁了。"

一路陪你笑着逃亡

人人都会碰到这些事情。
在原地走一条陌路。
在山顶听一场倾诉。
在海底看一眼尸骨。
在沙发想一夜前途。
这是默片，
只有上帝能给你配字幕。

朋友不能陪你看完，
但会在门口等你散场，
然后傻笑着去新的地方。

我有个朋友，是富二代，非常有钱，属于那种倒拎起来抖两下，哗啦啦掉满地金银财宝的人。

我穷困的时候，就想办法到他那儿刨钱。他酒量不好，于是撺掇他去酒吧，然后谁比谁少喝一瓶，就输一百块。

开始我每次能赚两三百，但这完全是血汗钱，比卖身还要高难度，次日头昏眼花躺着起不来。

我躺在床上辗转反侧，一大早兴冲冲到他公司，说："老赵，换个模式吧，我们来对对联，谁对不出来，输一百块。"

老赵差点儿把茶杯捏碎，愤愤说："你这个骗钱的方式太赤裸裸了。"

当天晚上，他背着包换洗衣服到我家，要住两天。我翻箱倒柜，家里只有一袋米，随便煮了锅粥，他咂咂嘴，说："真香。"

我灵机一动，说："老赵，换个模式吧，谁先走出家门，就输一千块。"

老赵心满意足地缩进沙发，表示同意。

第二天我们睡觉，看电视，喝粥。

第三天我们睡觉，看电视，喝粥。

第四天我们睡觉，看电视，喝粥。我颤抖着问："老赵，你生意也不出去管管？"

第五天我们睡觉，看电视，喝粥。老赵眼睛血红，在门口徘徊，突然冲到我面前，疯狂咆哮："老子是富二代，老子不要喝粥，老子家里有五六座商城，七八个工厂，老子为什么要在这里喝粥？！你回答我啊呜呜呜呜呜谁他妈再让我喝粥我咬死这坏狗！啊我要吃肘子呜呜呜呜呜呜……"

半夜我饿醒了，听到厨房有动静，摸索着过去，发现老赵在煎东西。偌大的锅子，半锅油，里面飘着三四片火腿肠。

我说："哪儿来的？"

老赵哆嗦着嘴唇，说："茶几下面捡到半根。"

我说："分我一片。"

老赵一丢锅铲，哭着说："这应该吗？富二代得罪你了？都这种时候了你还跟我抢火腿肠？"

我呆呆地说："焦了。"

第六天我们睡觉，睡觉，睡觉。老赵挣扎着爬起来，去书房上网玩。我听见他 QQ "嘀嘀" 的声音，赶紧关上卧室门，偷偷打开笔记本，申请了个新号码，搜罗美女照片疯狂发给他：帅哥交个朋友。

老赵：你是？

我：寂寞单身少妇，想拥有初恋。

老赵：都少妇了怎么初恋？

我：少妇怎么不能初恋？

过了几分钟，老赵：百度百科，少妇（shào fù）已婚的年轻女子。

我：你管那么多干吗，我看中的又不是你的钱。

老赵：……你怎么知道我有钱？

我：……废话真他妈多，喝酒去，天堂酒吧！

然后我发了张裸照。

听到书房椅子 "咕咚" 一声，老赵仰天倒下。他疯狗一样冲出来，红着脸团团转圈。我合上笔记本，说，一千块打个折，八百。

老赵丢给我八百，嗷嗷叫着夺门而去。

过一会儿，我走进酒吧，他果然笔直地坐在那儿。我一屁股坐下来，他说："你干吗？"

我说："来寻找初恋。"

老赵："……"

我说："少妇棒不棒？少妇有八百呢，请你喝酒。"

老赵躲在阴影里，捂着脸哭成泪人。

我们喝得大醉。

那段时间老赵失恋。七年的女朋友，谈婚论嫁，突然说要寻找灵魂归宿，问老赵要了笔钱，独自背着包去西藏。回来后乘着老赵出差，东西搬走，留了封长长的信。写的什么我不知道，那天是我跟老赵拼酒的第一天，赢了三百块。

后来我在微博看到他女朋友和男人的合影，笑靥如花。那天是我跟老赵拼酒的第四天，输了一百块。

人人都会碰到这些事情。在原地走一条陌路。在山顶听一场倾诉。在海底看一眼尸骨。在沙发想一夜前途。

这是默片，只有上帝能给你配字幕。

所以整整半个月，我们从没聊起这些。

不需要倾诉，不需要安慰，不需要批判，不需要声讨，独自做回顾。

朋友不能陪你看完，但会在门口等你散场，然后傻笑着去新的地方。

再难过，有好基友陪在身边，就可以顺利逃亡。

第四夜

The fourth night

温暖 那些细碎而美好的
存在

从 你 的
全 世 界 路 过

老情书

老太太拄着拐杖，站在酒吧里，
痛骂年轻人一顿，
抖出一张发黄的纸条说：
"这是我老头写给我的，我读给你们听。
哎哟活丑，拿错了，
这是电费催缴单。"

会说话的人分两种。第一种会说话，是指能判断局势，分门别类，看起来不经意，却能恰好说到对方心坎里。第二种会说话，是指话很多，但没一句动听的，整个就像弹匣打不光的 AK47，比如胡言。

胡言是我朋友中最特立独行的一位，平时没啥存在感，嘴巴一张就是颗核弹，"乒"，炸得大家灰头土脸。

一哥们儿失恋，女朋友收了他的钻戒跟别人跑了。狐朋狗友齐聚 KTV，都不敢提这茬儿，有人幽幽地说："此情可待成追忆。"角落里传来胡言的声音："此情可待成追忆，山炮喜逢一只鸡。"

包厢里鸦雀无声。大家面无表情，我能听见众人心中的台词：哈哈哈哈博主太机智哈哈哈哈。

又一哥们儿结婚，迎亲队伍千辛万苦冲进新娘房间，最后一道障碍是找新娘的一只鞋。一群爷们儿翻遍房间，就是找不到，急得汗流浃背。

胡言踱步进来，皱着眉头说："藏得真好啊，一看就是丑货干的好事，丑货别的不行藏东西最内行。本来图个吉利，她非得破坏婚姻。国人不立个《击毙丑货法》，就得重修《婚姻保护法》。人家说有些女的表面上对你好，其实巴不得你跟她一样，一辈子嫁不出去，今天看来果然是真的。"

刚说完，一名小个子姑娘"哇"地痛哭出声，连滚带爬钻进床底，从床架里摸出一只鞋，号啕奔走。

大家面面相觑，猛地欢呼。新郎擦擦汗，感激地递杯酒给胡言说："多谢哥们儿，今儿多亏你，说两句！"

我在外围惨叫："不要啊！"

已经迟了，胡言举起酒杯激动地说："今朝痛饮庆功酒，明日树倒猢狲散。"

一片寂静，众人无言以对。

胡言嘴巴可怕，但为人孝顺讲义气。他父亲很久前去世，母亲快七十了，与他相依为命。老太太精神矍铄，嘉兴人，隔三岔五包粽子给我们吃。网上叫嚣着甜粽党咸粽党，争什么，只有嘉兴的才叫粽子，其他只能算有馅儿的米包。老太太送粽子那不得了，谁家还剩几个，大家一定晚上杀过去吃光。

我们当中，唯有悦悦没有吃过老太太包的粽子。

悦悦是胡言的女朋友，她明明学的是工商管理，却在一家连锁酒店做大堂经理。

胡言跟悦悦认识，是因为去酒店开房。

他一旦喝高，生怕回家被老太太怒骂，只好在酒店开个房间，趁天亮老太太去买菜的空隙，偷偷摸摸回家。

有次他喝倒了，跌跌撞撞去酒店房间。大家等他睡着，齐心协力把他抬出门，搬进车，半夜开上紫金山，将他一个人丢在灵谷寺。

我们埋伏起来，等他醒来看热闹。

想象一下，他睁开眼，以为在酒店房间，结果看见自己躺在两座巨大的石雕之间。石雕怒瞪双目，估计他会怀疑自己是不是升天了，吓到大小便失禁。大家捧腹大笑，干劲十足。

干完活，我们索性从后备厢拿出酒继续喝，喝多了，沉沉睡去。

管春第一个大叫着翻身起来，推醒众人，凌晨三点，我们找不到胡言，也找不到自己的车了。管春好端端一辆帕萨特，居然变成了一辆电动小金鸟！

大家吓傻了，真的撞鬼了吗？

打胡言电话没人接，后半夜山上哪里有出租车。

我们骂骂咧咧，从紫金山徒步走下来，等到降临凡间，天都亮了。

然后我们在山脚的出口看到一个场景，车子停在路边，胡言坐在石级上一动不动，膝盖上枕着一个姑娘。

我忘了饥困交加，指着他说："你你你你……"

胡言做了嘘的手势，说："小声点儿，她睡着了。"

原来大堂经理悦悦下班，看见常客胡言被一群人抬上车，不知道出了什么事情，就骑着自己的小电驴跟在我们后面，一路上山。

等我们到一边喝酒去，她偷偷摸摸摇醒了胡言。于是胡言偷偷摸摸让她开车，把自己带下山。

胡言知道我们只有走下来，就在山脚等。等着等着，悦悦睡着了。

两个人谈起了恋爱，三个月后胡言邀请悦悦去他家吃饭，尝尝老太太包的粽子。我们可以蹭饭，哭着喊着同去。

胡言没有和老太太说自己要带女朋友，只说狐朋狗友又要来，老太太不屑地挥挥手，答应了。

那天，悦悦迟到了，甚至没有出现。

胡言一直焦躁不安看向门口，我心下奇怪，借口出门买烟，打电话给悦悦。悦悦在那头带着哭腔说："我妈妈在呢，你们吃吧，替我跟胡言说对不起。"

晚上两个人在管春的酒吧，面对面僵持。

悦悦终于开口："对不起。"

胡言不说话。

悦悦说："我妈妈一直反对我不回老家，待在南京又没有好工作，所以她想让我回去。"

胡言说："那你回去吧。"说完起身就走，我赶紧跟着。

悦悦独自坐在那里。

我们在街边兜风。我说："胡言，要不你跟她去长沙。"

胡言说："我放不下妈妈一个人留在南京。"

我说："你可以带着她去。"

胡言不吭声。

我叹口气，说："是啊，老人嘛，总是不愿意离开家乡的。"

从那天开始，胡言和悦悦虽然还是恋人，恍如什么都没发生，但两人闭口不谈将来。

半年过去，我们组织了一场旅行，喊胡言和悦悦一块儿去。

我们兴高采烈在泸沽湖边，喝得酩酊大醉。篝火闪烁，悦悦对胡言说："我要回长沙了。"

胡言说："嗯。"

悦悦沉默一会儿，说："你能陪我回去吗？"

胡言看向远方，不回答。

一边的管春突然站起来，激动地说："我有办法了，我们明天就回南京，把老太太接上，看她习不习惯在外头待着。"

一个声势浩大的老太太旅行计划诞生。

在南京把这想法一说，老太太狐疑地盯着我们："这么大年纪，我哪儿都不想去。你们别吹牛，就你们这阅历，能跟我老太太比？这中国我哪儿没见识过？太不安全了，我不坐飞机。我不坐火车。我没几年好活了，不想遭那罪。"

大家凑钱租了辆房车，开到胡言家楼下。

老太太左右看看，咂咂嘴："哎哟，感觉不错。"

大家齐齐对视，有戏，连哄带骗，老太太勉强同意，去离南京最近的安徽黄山瞅瞅。

大家正要欢呼，老太太得意地说："我唯一的要求……把老赵老黄老刘也带上。"

我们面面相觑。

于是一辆房车，胡言管春毛毛和我四个年轻人，老太老赵老黄老刘四个老年人，清晨踏上奇怪的旅途。

车子还没开出南京，老赵坐立不安，嘀咕着不行不行，要看孙子作业做好没有。我们只好把他送回去。

重新出发，开到高淳都大中午了，老黄哮喘发作，大家手忙脚乱把她送进高淳人民医院。老黄的儿子媳妇开车冲到，劈头盖脸对我们一阵痛骂。

天已经黑了，离安徽黄山才两百多公里，抵达却遥遥无期。

我们忙乱完医院的事情，回到房车，胡言打开车门，看到老刘已经睡着了，茶几上摆着一副麻将。老太太戴着老花镜，一个人打四个人的牌，还对空气说："老黄，别装死，轮到你了。"接着自己摸牌，说："碰。"

我们默默站在路边，胡言抽了根烟，说："回。"

深夜到家，老太太一开门，嘴里唠叨着说："老头子，我回家啦。"

胡言关上门，对着我们，眼泪哗啦啦往下掉。

我们呆呆地看着他，一句话也说不出来。

然后，悦悦从南京消失了，大概回长沙了吧。

然后，胡言的话越来越少，就连喝酒的时候管春骂他是菜鸡，他也不还嘴，默默喝一杯。

又是半年，一天黄昏胡言火急火燎打电话给我，让我快去他家。他自己加班走不开，老太太玩命催回家帮忙。我气喘吁吁赶到，胡言家端坐三位老太太，围着麻将桌，一脸期待地看着我。

算了，那就打几圈。结果老太太团伙精明得不得了，指哪儿打哪儿，输得我面红耳赤呻吟连连，一直打到十一点。散伙了，老太太跟我说："小张，胡言是不是跟女朋友分手了？"

我一愣："完全不知道啊。"

老太太说："我送你俩粽子，你赶紧讲。"

我说："哦，那姑娘是长沙的，回老家了，两地距离太远，你说再在一块儿也不合适。"

老太太斜着眼睛："吹牛，肯定是胡言嘴太臭。"

我说："也不排除有这方面原因。"

老太太拍大腿："哎呀我都没见过，这就飞了，这畜生糟蹋良家妇女一套一套的。"

我擦擦冷汗。

胡言推门进来，喊："妈你胡说八道什么？"

老太太喊："我儿媳妇呢？"

胡言瀑布汗："她是独生子女，父母年纪也大，她不想留在外地，就回长沙了。"

老太太勃然大怒："那你跟着去长沙啊。"

胡言说："我去了你怎么办？"

老太太："我留这儿，小张天天跪着伺候我。"

我腿一软。

胡言拽着我想跑，我瘫在地上被他拖着走，哭着喊："粽子呢粽子呢？"

两人去哥们儿管春的酒吧扯淡。其实我明白，老太太南京待了三十多年，打牌健身溜达唠嗑的朋友都在一个小区。老人建立圈子不比我们容易，他们重新到一个地方生活，基本就只剩下寂寞。

刚要了打酒，管春领着个老太太进来，哭丧着脸说："胡言，不是我不帮你，你妈自己找上门的。"

胡言暴怒："放屁，你手里还拎着粽子！肯定是你出卖我！"

老太太拄着拐杖，一拍桌子，说："闭嘴！"

整个酒吧刹那静止了，人人闭上嘴巴，连歌手也心惊肉跳地偷偷关了音响。

老太太说："我就特别看不起你们这帮年轻人，二三十岁就叨逼叨说平平淡淡才是真。你们配吗？我上山下乡，知青当过，饥荒挨过，这你们没办法经历。但我今儿平安喜乐，没事打几圈牌，早睡早起，你以为凭空得来的心静自然凉？老和尚说终归要见山是山，但你们经历见山不是山了吗？不趁着年轻拔腿就走，去刀山火海，不入世就自以为出世，以为自己活佛涅槃来的？我的平平淡淡是苦出来的，你们的平平淡淡是懒惰，是害怕，是贪图安逸，是一条不敢见世面的土狗。女人留不住就不会去追？还把责任推到我老太婆身上，活丑[1]。"

她一挥拐杖，差点儿打到胡言脑门儿："你那女朋友我都没见过，你们谁见过？"

酒吧里大部分人都点头如捣蒜。

老太太说："自己弱不禁风，屁事不懂，看见别人奔波受苦，只知道躲在角落放两根冷箭说矫情，说人家犯贱穷折腾。呸，一天到晚除了算计什么都不会。钱花完可以再赚，吃亏了可以再来，年轻没了怎么办？当过兵才能退伍，不打仗就别看不起牺牲。你会不会说话？会说话，就去长沙，告诉人家，你想娶她。"

老太太抖出一张发黄的纸，大声说："这是我老头写给我的，我读给你们听。"她看了半天，说："哎哟活丑，拿错了，这是电费催缴单。小张你喜欢写字，你临时来一篇。"

我赶紧临场朗诵："相信青春，所以越爱越深，但必须爱。勇于牺牲，所以死去活来，但必须来。从低谷翻越山巅，就能找到云淡风轻的庭院。总有一天，你的脚下满山梯田，沿途汗水盛开。想要满屋子安宁，就得丢下自己的骸骨，路过一万场美景。"

老太太抽我一耳光，说："当着七十岁老太婆面说骸骨，滚。"

她静静看着胡言，说："几个月前，你在阳台打电话，我听到了。你劝她留在南京，不要去长沙。劝着劝着自己哭了，我特别想冲进去揍你

---

[1] 多见于江苏的江淮方言区，尤其是南京话。一般是指人出糗。

一顿，哭什么，姑娘孝顺是好事，你不能追着去吗？然后从那天开始天天加班，你有这么勤劳吗，还不是怕回家孤单单地想心事。"

老太太说："我年纪大了，本来想你结婚后，每天包粽子给你们小两口吃。吃到你们腻了，我也可以走了。你是我儿子，走错路不怕，走错就回家，你妈我一时半会儿死不了，回来的时候我在家。"

她说完擦擦眼泪，昂首挺胸走了。管春赶紧送她。

我回过头，发现酒吧里每个人眼里都泪汪汪。

我突然明白胡言的语言能力从哪儿来的，这绝对是遗传。

后来胡言还是没去长沙。老太太气得眼不见为净，麻将也不打，喊我教她上网看微博什么的。没几天又自己报团去旅行，跟一群老头老太戴着红帽子，咋咋呼呼地去逛桂林山水。胡言放不下心想跟着去，结果老太太早上五点偷偷摸摸出发，留下胡言无言望着天花板。

老太太回来后，不给胡言好脸色，准备养精蓄锐继续跑。结果半月后心梗，抢救及时，住院等搭桥换二尖瓣。我们一群哥们儿轮流守夜，老太太闭着眼睛，话都说不了。

一天胡言坐在老太太身旁，沉沉睡着。我刚拎着塑料袋进来，想跟胡言换班。

老太太艰难地开口，说："悦悦，胡言是好孩子。"

我突然哭得不能自已。

老太太可能已经说梦话了吧。

老太太是怎么知道她名字的？

那，其实母亲什么都知道。

再后来，老太太没等到手术，二次心梗发作，非常严重，没有抢救回来。

胡言再也不会说话，他变得沉默寡言。

头七那天，大家在胡言家守灵。半夜十一点，虚掩的门推开，冲进来一个姑娘，妆是花的，对我喊："你怎么不早告诉我？"

她大哭，跪在老太太灵前，说："阿姨，我跟爸妈说过了，他们说，我应该留在南京，胡言有这样的妈妈，我们放心的。"

我们呆呆地说不出话，不清楚发生了什么事情。

悦悦哭得喘不过气。她面前摆着老太太的遗像，微笑着看着大家。

那天中午我接到电话，是悦悦打给我。她问我，胡言的妈妈怎么样。我说你干吗不问胡言，她说他电话打不通。我不敢乱讲，就问，你找她干吗？

悦悦告诉我，老太太其实没去旅游，单枪匹马去了长沙。那天她正在上班，老太太跑到柜台，存了二十万。悦悦出于流程，问她怎么存法。老太太说，听说在银行工作很辛苦，每年要拉到一定数目的存款，才能升职。

悦悦摸不着头脑，说："谢谢阿姨。"

老太太嘀咕："悦悦，你快升职，让胡言那浑球后悔。"

悦悦这才明白，自己碰到胡言妈妈了。她赶紧请了半天假，带着老太太去吃饭。

老太太说："悦悦你喜欢胡言吗？"

悦悦哭了，说自己很喜欢胡言，可是父母身体不好，自己留在长沙才放心。让阿姨失望了。

老太太嘿嘿一笑，说："那你就留在长沙，快快升职，免得胡言来了长沙欺负你。"

悦悦说："胡言肯到长沙吗？"

老太太点头说："他会来的，我这就是过来熟悉一下环境。到时候我先来住一阵，等你们踏实了我再回南京。"

老太太在长沙住了三天，包粽子给悦悦吃。

后来悦悦送她的时候才发现，老太太住在一家很便宜的旅馆，桌上堆着一些叶子和米，还有最便宜的电饭锅。

我这才知道，老太太学电脑看微博的原因，是想找到悦悦啊。我眼泪止不住，说："悦悦你快来南京吧，阿姨去世了。"

千里奔丧的悦悦跪在灵前，拿出一个粽子，哭着说："阿姨，粽子好好吃，我不舍得吃完，留了一个在冰箱里。今天拿出来结果坏掉啦，阿姨求求你，不要怪悦悦……"

朋友们泣不成声。

过了一年，胡言和悦悦结婚。那天没有大摆筵席，只有三桌，都是最好的朋友。悦悦父母从长沙赶来，也没有其他亲戚。

悦悦穿着婚纱，无比美丽。

可是她从进场后，就一直在哭。

胡言西装笔挺，牵着悦悦，然后拿出一张泛黄的纸，认真地读。短短几句话，一直被自己的抽泣打断。

亲爱的刘雪同志，我很喜欢你，我已经跟领导申请过了，我要调到南京来。他们没同意，所以我辞职了。现在档案怎么移交我还没想好。所以，请你做好在南京接待我的准备。

亲爱的刘雪同志，我不会说话，但我有句心里话要告诉你。

我想和你生活在一起，永远。

所有的朋友脑海中都浮现出一个场景。

老太太拄着拐杖，站在酒吧里，痛骂年轻人一顿，抖出一张发黄的纸条说："这是我老头写给我的，我读给你们听。哎哟活丑，拿错了，这是电费催缴单。"

给我的女儿梅茜，生日快乐

我和一条金毛共同的生活。
如果你也想找这样的小朋友，
记得给它起一个自己很喜欢的名字。
那，梅茜，生日快乐。

1

每个人到我家，推开门永远都是眼睛放光，喊，梅茜呢梅茜呢？

然后一只毛茸茸的金毛，比他们还要兴奋，不知道从哪个角落钻出来，狂叫着扑上去。

狗毛飞扬，人狗滚成一团。

2

从来没有教过梅茜任何指令，但它自己慢慢学会了很多东西，眨巴着眼睛，努力分辨你在说什么。

它甚至自己学会了拒食。吃的东西放在碗里，它就可怜地看着你，直到你摸摸它的脑门儿，它才开始低头吃饭。如果你不摸它的脑门儿，它会一直跟着你走，你到哪里，它就坐在你旁边，拼命把脑门儿塞给你。

有天我把吃的放好，忘记摸它脑门儿，就急匆匆出门去超市买东西。过了半个钟头回家，打开门，听见"咔嚓咔嚓"的声音，一看，它估计等不及，开始吃饭了。

我咳嗽一下，它猛地回头，吓得呆了。整条狗傻坐着，狗头一百八十度扭转对着我，狗粮哗啦啦从嘴巴里掉出来！

我还没说话，它偷偷摸摸探出前爪，把掉在地上的狗粮往旁边拨拉！拨得远远的！

它的意思大概是：这些不是我吃的……

我笑得手里的塑料袋都脱手了。吃吧吃吧，我们家没那么多规矩。爱吃什么吃什么，爱什么时候吃什么时候吃。狗粮不好吃咱们换牌子，还不好吃咱们立刻买骨头炖汤，买牛肉用白水煮出灿烂的未来！

一年冬天，我百般无聊地看电视，突发奇想，用梅茜当脚垫，放上去暖洋洋的。

梅茜当时全身一震，小心翼翼地瞧向我，发现我的态度很坚决。它叹口气，非常严肃地趴下去，从此一动不动。

结果我睡着了，睡到昏天黑地的时候，感觉有东西挠我，我一看，梅茜用爪子拍我。我抬起脚，它换了个姿势，舒服地翻了一面，然后瞧瞧我，意思是你可以放下来了。

我把脚放下来，它才心满意足地继续睡去了。

金毛狗子，一岁前是魔鬼，一岁后是天使，果然是真的。

3

2012 年初，天气寒冷。深夜我坐在花园的台阶上，手边全是啤酒，看着月亮发呆。

在没有人能看到的地方，在没有人能看到的时间，我哭得稀里哗啦。

梅茜安静地坐在我旁边，头紧紧贴着我膝盖。它轻轻用脑袋拱拱我的手，大大的眼睛望我，发出小小的"咕咕咕"的声音。

许久前我上网查过，这是金毛狗子的哭声。

梅茜不停地哭，而我的眼泪也没有停住。

梅茜不要哭。

不要哭。她不会回来了。我不会离开你。

那时候的梅茜，刚生了一场大病。

它生病的时候，我远在北京。接到照顾梅茜的姑娘的电话，她带着哭腔说，梅茜得狗瘟了。

手机信号不好，我冲到室外，下着暴雨。

我放下手机，心里很难过。

下雨归下雨，不要欺负我的小狗。

它病好后，我领着它回家。一人一狗，兴高采烈，大家蹦蹦跳跳，欢快无比。

一辆白色的越野车开过去。

梅茜明显愣了愣。

然后它发了疯一样，扯掉牵引绳，追着车就狂奔，怎么喊都不回头。

司机从后视镜里看见了它，停在路边。司机摇下窗，探出头，笑嘻嘻地说："小狗狗，你追我干什么？"

梅茜不看他，紧紧盯着车子，盯着车门，似乎在等车门打开。它要跳上去。

我追到了，一把抱住它，跟司机连声说，不好意思。

司机笑嘻嘻地说没事，开走了。

车开走的时候，梅茜在我怀里疯狂地挣扎。

我突然眼泪掉下来。

梅茜也平静下来，只是不停地发出声音：咕咕咕咕……

我知道，它很久没看到那辆熟悉的白色车子了。

它很久没有坐进属于它的位置。

它喜欢坐车兜风，脑袋伸出去，风吹得耳朵啪啦啪啦啪啦，得意地吐出舌头，开心地跳脚。

我抱着梅茜回家。

它在怀里一直哭。

我的眼泪也一直掉在它毛茸茸的脑袋上。

梅茜不要哭。

梅茜，我们没有车啦，老爹再给你买一辆。

4

梅茜到我家，是 2010 年 6 月初。

我把一点点大的梅茜抱回家，它圆头圆脑，耳朵很大，坐着的时候一仰头，耳朵几乎垂到地上。

它叼袜子，撕衣服，啃书，磨茶几，摧毁一切能看见的东西。

最令我无法理解的是，一喊它名字，它就沿着墙边狂奔，狂奔五百圈，非得到精疲力竭才趴下去。

麻烦的是，它从精疲力竭到精神焕发，需要回血的时间不是很长。

它一岁了，为了让它平时活动的空间够大，我换了一楼带小院的房子。

有天我回家，突然发现梅茜不见了。家里没有，院子里也不见踪影。

找半天，原来院子最内侧，有个排水的漏洞，它应该就是从这儿离家出走的。

我急坏了，小区、马路、公园、其他小区……发了疯一样到处找，扯直了嗓子喊。

夜越来越深，没有找到。

我回家坐在沙发上出神。总觉得它可能躲在家里哪个角落。在我写字时，它一定要霸占书桌底下。在我睡觉时，它一定自己咬着狗窝，"吭哧吭哧"拖到我的床边。在我吃饭时，它一定紧紧抱着桌脚。

到了后半夜一点钟，听到阳台有敲门声。我过去拉开玻璃门，梅茜咧着嘴，喜笑颜开地看着我，疯狂地摇尾巴！浑身都是泥巴，不知去哪儿瞎胡闹了……

我赶紧抱起它去洗手间，开心地掉眼泪。冲干净泥巴，它也应该玩儿命才找到家的吧！我找出所有好吃的给它，看它吃得狼吞虎咽。

结果它以为离家出走，会有这么多奖励。

于是第二天下午，它又不见了。

这次我也不找了，就看电视等它。等到后半夜一点钟，它准时出现在阳台的玻璃门外。

想什么哏朋友，我没有犹豫，把它拎进来暴打一顿！

梅茜号啕大哭。

从此，无论院子里排水的洞口有没有堵着，它都不会从那边走了。

5

梅茜长大的标志是从某天开始，死也不愿意在家里大小便了，宁可憋得痛哭流涕。

一次我出门，以为很快就回家，结果被拖去直播，回家已经是黄昏。

到家门口，掏出钥匙。邻居家开门，大婶探出脑袋，激动地说："张嘉佳啊，你家狗太牛了！"

我摸不着头脑，问："怎么了？"

大婶咽口口水，激动地说："你不在家，梅茜在院子里晒太阳。后来它急着大便，我就看着它在院子里转圈，还想怎么帮它呢。过了一会儿，它居然猛地一跃，连滚带爬翻过栅栏，跑到我家院子，拉了一泡便便！接着又奋力一跃，连滚带爬又翻过栅栏，回你自己家院子了！"

我听得目瞪口呆……

睡觉之前，梅茜一定要跑到卧室，敲敲门，然后趴到床边。等我睡着了，它才会离开，放心地走回它的窝窝睡觉。

6

梅茜，老爹要买一辆皮卡，装好顶篷，我们可以出发去最远的地方。

你坐在副驾，狗头探出窗户，风吹得耳朵啪啦啪啦，高兴地跳脚。车厢里摆满好吃的东西，和你最喜欢的窝窝。

我们要沿着一切风景美丽的道路开过去，带着你最喜欢的人，把那些影子甩在脑后。去看无限平静的湖水，去看白雪皑皑的山峰，去看芳香四溢的花地，去看阳光在唱歌的草原。

去远方，而漫山遍野都是家乡。

一开始，我以为是它离不开我。

现在，我知道，是自己离不开它。

梅茜出生于 2010 年 5 月 18 日。

所以，梅茜，我的女儿，生日快乐。

老爹爱你。

姐姐

四季总是有一次凋零。
结果无数次凋零。
相爱总是有一次分离。
结果无数次分离。

1

到了大学，才发现世界上居然有超过五百块的衣服。大学毕业，才发现世界上居然有标牌子的内裤。小镇长大的人，每天都在增长见识。

初中之际，我偷偷买了条二十块的短裤，结果被全家人按住教训了一宿。

曾经以为，真维斯什么的就是名牌啊，非常奢华。突然逛街发现阿迪、耐克，大惊失色：好贵，这是金丝做的吗?

从那天开始，打家劫舍杀人放火的念头，我每天都有的。

一切敌不过时光。

工作之后，始终坚持认为，女人，就应该有好的化妆品，好的服饰，花再多的钱也应该。

因此我依旧穿不超过五百块的衣服、没有牌子的内裤，希望能赚到钱给女人买最好的化妆品，最好的服饰。

后来发现，女人找得到好化妆品，找得到好衣服，就是找不到好男人。

而我赚了钱也没人可以花。

赚到钱了，就慢慢开始不是好男人。

好男人，大多买不起最好的化妆品，最好的服饰。

朋友看不起身边的女人，挑三拣四。

我说："你又不是一条好狗，凭什么要吃一块好肉？"

朋友："男人不是狗，女人也不是肉。"

我说："女人的确不是肉，但你真的是一条狗。"

朋友："为什么？"

我说："我怎么知道，我随便侮辱你。"

后来朋友结婚了。

我送 Gucci（意大利时装品牌）给弟妹。

Gucci 属于弟妹，那满阳台晾晒的衣服、裤子、毛巾、床单、拖把，也属于弟妹。

我和朋友说："以后弟妹要什么，尽量买给她。就算她不要，也偷偷买给她。"

朋友问："为什么？"

我说："因为你的阳台晒满衣服、裤子、毛巾、床单、拖把。她消耗在阳台上的每一分钟青春，你都要补偿给她。"

朋友半年后离婚。喝醉后，他趴在桌上嘀咕："怎么就离婚了？"

我说："有结才有离，谁让你结的？"

朋友："是不是以前我们都搞错了？"

我说："嗯，应该是。"

男人不是狗，女人也不是肉。

生活除了 Gucci，以及满阳台的衣服、裤子、毛巾、床单、拖把，还有另外重要的东西。

什么东西？

好多啊。比如斗地主、打排位、吃夜宵什么的。

2

在电视栏目工作的时候，有个女编导。

我问她："男人有一千万，给你一百万。或者男人有十万，给你十万，哪个更重要？"

女编导说："一百万。"

我说："难道全部还不如十分之一？"

女编导点头。

第二天，女编导突然急忙来找我，说："我昨天想了一夜，觉得十万重要。"

我好奇："你真的想了一夜？"

她点头："嗯。"

如果你真的想了一夜，说明你有太多的心事。

既然你有心事，又何必再去想这个问题。

无论一百万还是十万，不如自己挣来的一万。

有一百万，你就是一块肉。

有十万，你就吃不到肉。

有一万，你就不用再去想一夜。

3

有关男女的问题，很小的时候，我问过姐姐。

我："姐姐，什么叫淫荡？"

姐姐："……热情奔放，活泼开朗。"

我："姐姐你真淫荡。"

"啪。"我的左脸被抽肿。

我："姐姐，什么叫下贱？"

姐姐："……就是谦恭有礼，勤劳节约。"

我："姐姐你真下贱。"

"啪。"我的右脸被抽肿。

我："姐姐，什么叫爱情？"

姐姐："……就是淫荡加下贱。"

我："姐姐你一点儿也不爱情。"

过了半天，姐姐"嗯"了一声。

过了十年，我才明白，为什么泪水突然在她的眼眶里打转。

4

十年之后。

我坐在写字桌前，泪水在眼眶里打转。精神恍惚，脑海空白，痛到不能呼吸。

姐姐过来，鼓励我："小伙子把胸膛挺起来。"

我："我们都没有胸，挺个屁。"

姐姐出奇地没有愤怒，一甩头发说："帮我下碗面条去，人一忙就没空胡思乱想。"

我垂头丧气："吃什么面，用舌头舔舔牙床好了。"

"啪啪。"我被连抽两个耳光。

"好了好了，我去下面我去下面。"

忙活一会儿，把面递给她。姐姐笑嘻嘻地端着面，看着我。

她吃了几口，突然回到自己房间。

三年之后，我看到她的日记。

"弟弟下的面里，连盐都没有加，我想，如果不是非常非常难过，也就不会做出这么难吃的面。我也很难过。"

我突然嘴角有点儿咸。

我想，如果这滴眼泪穿过时光，回到三年前，回到那个碗里，姐姐一定不觉得面很淡，那么她就不会难过。

5

"抓小偷啊！"街头传来凄厉的尖叫。

我跟姐姐互相推诿。

"弟弟你上！你懂不懂五讲四美？"

"姐姐你上！你懂不懂三从四德？"

"推托什么，抓小偷不是请客吃饭，上！"

"好，上！"

两个人迅速往前冲。冲到一半，我往左边路口拐，姐姐往右边路口拐。

两个人躲在巷子口大眼瞪小眼。小偷从两人之间狂奔而过。

呼，差点儿被撞到，两个人同时拍拍胸口。

这时紧跟小偷后面，狂奔过去另一个人。

我们一看，是老妈。

老妈一边追一边喊："抓小偷啊！！！"

两个人拼死抓住了老妈，没抓到小偷。

回家之后，一人赔给老妈五百块。

第二天醒来，姐姐在枕头底下发现了五百块。

我在枕头底下发现了五百块，闹钟底下发现了五百块。

我一直搞不清楚，为什么放走一个小偷，我凭空赚了五百块。

等到学会四则混合运算之后，我终于计算明白。

很久之后，我想，如果我还有机会把五百块放回姐姐枕头底下，那么即使小偷手里有刀，我也会冲上去的。

嗯，是这样。

6

小时候家里只有一辆自行车。28英寸大杠永久。

爸爸说生日那天给我骑。

我仰天大笑："哈哈哈哈，爸爸你终于不爱姐姐只爱我了。"

爸爸说："你姐姐早就骑过了。"

过了几年，姐姐有了一辆自行车。每天上学都是她骑车带我。

我："姐姐我骑车带你吧。"

姐姐："滚。"

我："妈的，老子力气太多了用不完。"

姐姐："滚。"

得到这样的回复，我很生气，就在车子后面滚来滚去。

"啊！""砰！"两个人从小桥上摔下去了。

姐姐："呜呜呜呜，我以后再也不带你了。"

我："呜呜呜呜，你骑车水平跟阿黄一样。"

姐姐："阿黄是谁？"

我："阿黄是舅舅家养的狗。"

姐姐："你是浑蛋。"

我："你是母浑蛋。"

就如此吵了很久，直接导致上学迟到。

又过了几年，我们去大城市的舅舅家玩。

姐姐又骑车带我。有人喊，下车。哇，是交警耶。

我："警察叔叔你抓她，是她骑车带我的，我是小孩子你不能抓。"

姐姐："警察哥哥你抓他，是他要坐我车的，我是中学生你不能抓。"

警察一身冷汗。

我："警察叔叔你抓她，我不认识她。"

姐姐："警察哥哥你抓他，他是我在路边拣的。"

我："拣个鬼，你要不要脸。"

姐姐："要个魂，马上要罚款了，还要什么脸。"

警察："你们走吧……以后不要骑车带人了。"

姐姐终于要去外地上大学了，把那辆自行车留给了我。我很开心，一晚上没睡着。

我们全家送姐姐。

姐姐上了火车。

我突然眼泪哗啦啦流，一边流还一边追火车。

姐姐我把车子还给你，你不要走啦。

姐姐隔着车玻璃喊。

我听不见，但是可以从她的口型认出来：

不要哭。

我拼命追，用手背抹眼泪，拼命喊："狗才哭，我没有哭！"

从那个时候开始，我最害怕听到火车的汽笛。

听到汽笛，就代表要分离。

送走姐姐之后，我骑车去上学，被很多很多同学笑话。

因为那是一辆女式自行车。

大家说我是人妖，说我娘娘腔。

我依旧骑，因为感觉姐姐就在自己身边。

到了现在，我走到储藏间，看到这辆自行车，还是会不停掉眼泪，小声说，掉你大爷，掉你大爷。

7

1988 年，舅舅送给我一个从未见识过的东西，邮票年册。

我很愤怒："姐姐，舅舅太小气了，送一堆纸片给我。"

姐姐："那你十块钱卖给我。"

我："太狡诈了！你当我白痴哪，这堆纸片后面写着定价，一百九十八。"

姐姐："纸片越来越不值钱，你现在不卖，明年就只值一块。"

我："为什么？"

姐姐："你没看到这里写着：保值年册，收藏极品。什么叫保值？就是越来越不值钱。卖不卖？"

我："……二十块。"

姐姐："成交。"

于是每年的邮票年册，我都以二十块的价格卖给姐姐。

一直卖到 1992 年，四本一共八十块。由于压岁钱都要上缴，所以这八十块成了我无比珍贵的私房钱。而且从这一年起，舅舅不再送了，小气鬼。

当年姐姐去外地上大学。

第二天她就要离去。我在床上滚了一夜，十六张五块钱，你一张，我一张，数了一夜。

一直在想：她去外地，会不会被人欺负？哎呀，以前她被人欺负，都是给我两毛钱，让我骂人家的。

那她去了那么远的地方，一定要带钱。

嗯，给她十块。可以请人骂……骂五十次。

万一被人打怎么办？她上次被婶婶打，她说给五毛钱，我都不愿意帮她打，外面人肯定价格更高！

打手请一次算一块好了，给她二十。

我心疼地看着钱被分成了两沓，而且她那沓慢慢比我这沓还高。

算着算着我睡着了。

最后我塞在姐姐包里的，是八十块。

送走姐姐那个瘟神，我人财两空，回到家里，忽然非常沮丧，就躲进被子睡觉。

在被子里，我发现了四本年册。

每本年册里，都夹着二十块。

我躲在被子里，一边哭，一边骂，姐姐和舅舅一样小气，一本只夹二十块，人都走了，起码夹五十块对不对？

到了今天，这些夹着二十块的年册，整四本，还放在我的书架上。

一天我擦擦灰尘，突然翻到1988年的那本，封背有套金的小字，写着定价一百九十八。

"那你十块钱卖给我。"

"太狡诈了！你当我白痴哪，这堆纸片后面写着定价，一百九十八。"

"纸片越来越不值钱，你现在不卖，明年就只值一块。"

"为什么？"

"你没看到这里写着：保值年册，收藏极品。什么叫保值？就是越来越不值钱。卖不卖？"

眼泪滴滴答答，把一百九十八，变得那么模糊。

8

姐姐："坏人才抽烟。"

我："那舅舅是坏人。"

姐姐："做到教授再抽烟，就是好人。"

我："你有没有逻辑。你会算 log 函数，你懂风雅颂，你昨天把黑格尔说成格外黑，你是逻辑大王。"

吵了好几天，姐姐回大学了。

我在抽屉里找到报纸包好的一条香烟，里面是一条中华。

姐姐写着字条：如果一定要抽，那也抽好一点儿的，至少对身体伤害少一点儿。

我至今还记得，那是一张《扬子晚报》，1997 年 5 月 22 日。

后来我遇到了一个姑娘叫姜微。

姜微："你喜欢抽什么烟？"

我："我喜欢抽好一点儿的。"

姜微："为什么？"

我："对身体伤害少一点儿。"

寒假结束之后，她带了一包烟给我。一包中华。里面只有十一根烟。四根中华，四根玉溪，三根苏烟。

总比没有好。

我："你哪里来的烟？"

姜微："过年家里给亲戚发烟，我偷偷一根根收集起来的。"

我："寒假二十天，你只收集到十一根？"

姜微："还有七根，被我爸爸发现没收了。"

后来姜微消失了。《扬子晚报》在我的书架上。那张《扬子晚报》里，我夹着一个中华香烟的烟壳。

只有这两个女人，以为抽好一点儿的烟，会对身体的伤害少一点儿。

突然听到 winamp（一种音乐播放器）里在放《电台情歌》。

一个美丽的女子要伸手熄灭天上的月亮，一个哭泣的女子牵挂不曾搭起的桥梁，自此一枕黄粱，一时荒凉，疼辄不能自已，掌纹折断。

这里是无所不痛的旋律。

姐姐再也不会痛，姜微不知道在哪里。希望她比我快乐。并且永远快乐。

9

姐姐教我打字花了半年的时间。打字课程，1998 年 8 月 27 日开始教授，9 月 1 日她回大学，自动转为函授。

我："A 后面不是 B 吗，为什么排的是 S？B 后面不是 C 吗，为什么排的是 N？"

姐姐："Christopher（打字机之父）发明的，跟我没有关系。"

我："字母这么乱伦，姨妈和叔叔凑在一起，它们家谱和希腊神话一个教养。"

姐姐："你他妈的学不学？"

我："字母太乱伦了，玷污我的视线！"

姐姐："让你掌握键盘的顺序，和乱伦有什么关系？"

我："己所不欲，勿施于人，要是我摸你胸你一定用刀杀了我。"

"啪啪"。我左脸和右脸全部肿了。

姐姐："学会打字对你有好处的，可以泡妞。"

我："泡什么妞，我不如把钱省下来买三级片。"

姐姐："你看你看，这叫作 QQ，可以让远方的 MM 脱胸罩。"

我："是黛安芬的吗？"

姐姐："你学会了不就可以自己问了吗？！"

于是姐姐帮我申请了一个 QQ 号，然后两个人搜索各地的 MM。在姐姐指导下，我加了一个北京 MM，ID 是无花果。

我有了点儿兴趣。

发了句话：Girl，fuck fuck，哈哈。

一点儿反应也没有。

我又发了句话：Dog sun，please fuck！

一点儿反应也没有。

我发火了，一下发了三句话：MBD，MBD，MBD。

姐姐发火了，说：人家头像是灰色的，说明不在线。

不在线，还Q什么，Q他妈蛋。

我立刻失去兴趣。

姐姐诱惑我，如果学会打字，就可以用流畅的语言勾引她。这被我断然拒绝，正直的青年，一定和我一样会拒绝的。

这些乱伦的字母，不是好东西。

1998年9月1日，姐姐回大学，把电脑带回去了。

我唯一遗憾的是，《仙剑奇侠传》没有通关，月如刚刚死在镇妖塔。

但姐姐不会这么小气吧？我就开始翻姐姐的房间。

我在她房间翻到的东西有：席绢的《交错时空的爱恋》，沈亚、于晴全集……这是什么玩意儿？星座是什么玩意儿？把所有东西摔出来，箱子底下是一张纸制键盘。

键盘上有一张字条：我知道你会翻到这里，麻烦你学习一下字母的顺序。

我大惊失色，全世界的姐姐都这么狡猾吗？

结果我就在纸质的键盘和电话里督促的声音中，过了一个学期。

我："A后面为什么是S，而不是B？"

姐姐："A后面是S，B后面是N。"

我："复杂得要死。"

整整半年，我依旧不能理解字母为何如此乱伦。乱伦的东西，如我般正直，都不会学习的。

1999 年 2 月 7 日深夜 23 点 47 分。

我依然等在火车站。

因为姐姐说她那一分钟回到家。

结果等到 1999 年 2 月 8 日早上 4 点 30 分。

姐姐被一辆闯红灯的轿车撞倒。

1999 年 2 月 8 日 17 点 48 分，我赶到了北京。

房间一片雪白。

使者的翅膀雪白。天堂的空间雪白。病房的床单雪白。姐姐的脸色雪白。

她全身插满管子。

脸上盖着透明的呼吸器。

我快活地奔过去："哈哈，不能动了吧？"

她脸上没有一丝表情，紧闭双眼，为什么我看到她仿佛在微笑？

要么我眼花了，要么她又偷了我写给隔壁班花的情书。

旁边一个穿白大褂的人说："她不能说话，希望有力气写字给你。"

可是，姐姐抓不住笔。

这货，从来就没有过力气。

坐她自行车她没有力气上坡，和她打架她没有力气还手，争电视节目她没有力气抢遥控器。

她不写字，我就不会知道她要说什么。我想，她应该有力气写字的呀！

她帮我在考卷上冒充妈妈签字。她帮我在《过好寒假》上写作文。她帮我在作业本子上写上名字。

我呆呆地看着她，怎么突然就没有力气了呢？

我去抓住她的手。

她用手指在我掌心戳了几下。

1，2，3，4，5，6。

一共六下。

她戳我六下干什么？

六六大顺？她祝我早日发财？

六月飞雪？她有着千古奇冤？

六神无主？她又被男人甩了？

六道轮回？她想看圣斗士冥王篇？

我拼命猜测的时候，突然冲进来一群人，把她推走了。

我独自待在这病房里，看着一切雪白，努力戳着自己的手掌。

1，2，3，4，5，6。

一共六下。

上面戳一下，右边戳一下，上面再戳一下，下面戳一下，上面再戳一下，又戳一下。

我拼命回忆着有关键盘的记忆。

一张纸质的键盘，看了半年，也开始浮现在脑子里。

A 后面是 S，B 后面是 N，C 后面是 V……

我一下一下地在这张键盘里敲击过去。

1，2，3，4，5，6。

键盘慢慢清晰起来。

我终于明白了这六下分别戳在什么地方。

I LOVE U。

眼泪夺眶而出，一滴滴滚下来，滴下来，扑下来。

1999 年 2 月 8 日 19 点 10 分，我终于掌握了键盘的用法，学会了打字。并且刻骨铭心，永不忘记。

I LOVE U。

我缩在走廊里面。

在很久之后，我才有勇气把姐姐留下的电脑装起来。

装起来之后，又过了很久，我才打开了那个 QQ 号码。

只有一个联系用户。

无花果。

虽然是灰色，据说灰色是因为不在线。

可这个头像是跳动的。

我双击它。

无花果说：

笨蛋，我是你老姐。

我哭得像一个孩子，可是无论多少泪水，永远不能把无花果变成彩色。

无花果永不在线。

如果还有明天，小孩子待在昨天，明天没有姐姐，姐姐在昨天用着Windows98。

到了今天，MSN 退役，弄潮儿对着摄像头跳脱衣舞，我书房电脑的显示屏上，依旧挂着五位数的 QQ，永远只有一个联系用户，并且头像灰色，永不在线，ID 叫作无花果。

生育总是有一次阵痛。结果无数次阵痛。

相爱总是有一次分离。结果无数次分离。

四季总是有一次凋零。结果无数次凋零。

自转总是有一次日落。结果无数次日落。

然而无花果永远是灰色。

伤心欲笑，痛出望外，泪无葬身之地，哀莫过于心不死。

吃货的战争

那喊声虽然来自全国各地，
方言千千万万种，
但齐刷刷只有一句：
"冲啊，都他妈的到我碗里来！"

这场史上最乱的战争，始于一名作家的言论，他发表的原话是：你以为世界上的菜都差不多吗？你以为叶子菜就中国第一吗？唉。我不知你数没数过美国常见的根茎类菜有多少种，口味又是如何——我告诉你，有二十多种，口味介于芋头、萝卜、椰子之间，你可以用牛骨汤起锅，加虾、蟹膏、辣椒及各种东南亚香料，加各种海鲜随便啦，然后就吃吃吃——口味是鲜酸辣及各种浓香。

原本风平浪静，其实暗流汹涌。因为大家饿了。各方点齐兵马，旌旗挥舞，擂鼓助威，杀气四溢！

在地球战争史上，从未出现上百路兵马同时出击的辉煌画面。

由于美国军队由各类杂菜组成，号称二十多员将领，共炖一炉，这是赤裸裸对我大火锅将军的挑衅！战报加急万里，直送大火锅将军军帐。

大火锅将军敞着大衣，露出黑黢黢的胸肌，双眉一挑，冷笑一声，丢下战报，吐了口麻辣锅底，挥手道："先派麻辣烫去打个头阵，摸摸底细。"

话音未落，帐前喧哗，门帘掀开，冒菜和串串香兄弟俩面红耳赤，冲了进来，咆哮道："将军，我们愿为左右先锋，率红汤一锅、白汤一锅，如若战败，提头来见！"

大火锅将军拍案大怒："闹啥子，瓜兮兮的！滚出去！"

正当这时，酸辣粉连滚带爬冲进来，狂笑三声，道："报告大将军，我已入夜带刀，一路潜行，不料未到美利坚，已然立下大功！"

众人大喜，问："是何大功？"

酸辣粉嘿嘿道："小将埋伏路边摊，趁着敌人喝醉，一刀取了锅包肉的首级！"

全场沉寂，大将军面色铁青，早有芝麻酱、麻油碟、红方腐乳三名护卫上前，猛抽酸辣粉耳光，怒道："二货！锅包肉是我们的人！丫是我们军区副司令！"

酸辣粉跌退几步，泪流满面，坐倒在地，号啕道："老子英文不好，把锅包肉当成汉堡包了！"

帐内乱成一团，突然一支羽箭射入，扑棱棱钉在案桌，上有一书。

火锅大将军取下一读，上有大字一行：我烤全羊身处边疆，虽然这一生放荡不羁爱自由，也会怕有一天祖国会跌倒，特此请命，如有调遣，在所不辞。

众人纷纷赞叹，唯有一将手攥香菜，面露不豫，原来是羊蝎子。此人原先混迹草莽，炖中一霸，现归顺朝廷，当是立功心切。

火锅大将军挽起羊蝎子的手道："兄弟不用着急，必遣你为阵前大将。"

羊蝎子尚未答复，又是一阵喧嚣。酸豆角急匆匆闯帐，磕头不止："报！火锅大帅，榨菜片、萝卜干、海带丝三员小将前来请战。"

真空包袋装泡椒兔飞身扑入，泪流不止："报！火锅大帅，麻辣香锅行军太急，不小心碰到西边赶来的大盘鸡，两人一齐打翻了！"

小笼包连同蒸屉滚进，嘶声大叫："报！火锅大帅，蒸饺求战心切，和煎饺气爆肚皮，汁水淌出来了！"

就连韭菜合子也高叫："美国香料有多香？有本事到地铁里去打！臭豆腐你滚走，你去算我们欺负丫！"

鸡豆粉拼命给大伙扇风，号叫道："大家不要冲动，吃碗凉粉冷静一下啊！"

火锅大将军手足无措，额头跳青筋。

丸子大队长小心翼翼地上前，凑到将军耳边道："刚抓到虾滑探子一名，在水里浮浮沉沉，不知如何处置。"

火锅大将军沉默半晌，怒道："闭嘴！吵了半天，到底怎么打？"

天空中轰隆隆传来沉闷的声音："有我大福建佛跳墙坐镇，你们随便怎么打。"

火锅大将军手持令箭，左右为难，兵强马壮的痛苦，莫过于此。

他咬牙下定决心，刚要下令，龙抄手狂奔而入，大喊："报！醉蟹佯装体力不支，诱敌深入，广州早茶左翼包抄，东北乱炖连锅空降，齐鲁大军一阵乱射，美利坚二十种菜叶子团伙已然全歼，歼到灰飞烟灭。云南汽锅鸡、洛阳水席、长沙口味虾、武汉热干面等一百多路大军赶到现场，已经毫无出手机会，他们正在美利坚菜叶子上面轮流吐口水。"

众人目瞪口呆，火锅大将军长叹："这样也不好啊，有点儿欺人太甚。"

烧卖狂奔而入，大喊："报！一百多路大军斗志昂扬，无处宣泄，自己打起来了！"

火锅大将军惊道："战况如何？"

烧卖喃喃道："他们分为两个阵营，互相辱骂，说豆腐脑到底应该是甜的还是咸的……"

妖风四起，烟雾漫天，传来刀叉之音。火锅大将军侧耳一听，面色大变，拔腿就跑。

众人不由得愣住，皆是伏在地面，听到男女老少的呐喊。

那喊声虽然来自全国各地，方言千千万万种，但齐刷刷只有一句："冲啊，都他妈的到我碗里来！"

美利坚菜叶子军团呢？都不记得了。

摆渡人

世事如书，我偏爱你这一句，
愿做个逗号，待在你脚边。
但你有自己的朗读者，
而我只是个摆渡人。

　　小玉文静秀气，却是东北姑娘，来自长春，在南京读大学，毕业后留在这座城市。她是我朋友中为数不多正常工作的人，不说脏话不发神经，腼腆平静地活着。

　　相聚总要喝酒，但小玉偶尔举杯也被别人拦下来，因为我们都惦记着要有一个人是清醒的，好依次送大家回去。这个人选必须靠谱，小玉当之无愧。

　　有次在管春的酒吧，从头到尾默不作声的小玉偷偷喝了一杯，然后眼睛发亮，微笑愈加迷人。她蓦然指着隔壁桌的客人捧腹大笑："快看他，脸这么长最后还带个拐弯，像个完整的斜弯钩，再加一撇那就是个匕。"

就是个匕！匕！这个读音很暧昧好吗！

全场大汗。从此我们更加坚定了不让她喝酒的决心。

2008 年秋天，大家喝挂了，小玉开着她那辆标致 307 把我们一个个送回家。我冲个澡，手机猛振，小玉的短信："出事啦，吃夜宵啊。"我立刻非常好奇，连滚带爬地去找她。

小玉说："马力睡我那儿了。"马力是个画家，2006 年结婚，老婆名叫江洁。

我一惊："他是有妇之夫，你不要乱搞。"说到"不要乱搞"这四个字，我突然兴奋起来。

小玉说："今晚我最后一个送他，结果听他嘟囔半天，原来江洁给他戴绿帽子了呢。"

小玉告诉我，马力机缘巧合发现老婆偷人，憋住没揭穿。最近觉察老婆对他热情万分，还有意无意提起，把房产证名字换成她的。马力画了半辈子抽象画，用他凌乱的思维推断，这女人估计筹备离婚，所以演戏想争取资产。

我严肃地放下小龙虾，问："那他怎么打算？"

小玉严肃地放下香辣蟹，答："他睡着前吼了一嗓子，别以为就你会演戏，明天开始我让你知道什么叫作实力派演技。"

十月的夜风已经有凉意，我忍不住打个寒战。

小玉说："他不肯回家，我只好扶到自己家了。"

我说："那你怎么又跑出来？"

小玉沉默一会儿说："我躺在客厅沙发，突然听到卧室里撕心裂肺的哭声，过去一看，马力裹着被子在哭，哭得蜷成一团。我喊他，他也没反应，就疯狂地哭，估计还在梦里。我听得心惊肉跳，待不下去，找你吃夜宵。"

我假装随口一问："你是不是喜欢他？"

小玉扭头不看我，缓缓点头。

月亮升起，挂在小玉身后的夜空，像一轮巨大的备胎。

我和小玉绝口不提，但马力的事情依旧传播开，人人都知道他在跟老婆斗智斗勇。马力喝醉了就住在小玉家，我陪着送过去，发现不喝酒的小玉在橱柜摆了护肝的药。马力颠三倒四说着自己乱七八糟的计划，小玉在一边频频点头。

由于卧室被马力霸占，小玉已经把客厅沙发搞得跟床一样。

我说："这样也不是个办法，我给他开个房间吧。"

小玉看向马力，他翻个身，呷呷嘴巴睡着了。

我说："好吧。"

临走前我犹豫着说："小玉……"

小玉点点头，低声说："我不是备胎。我想了想，我是个摆渡人。他在岸这边落水了，我要把他送到河那岸去。河那岸有别人在等他，不是我，我是摆渡人。"

我叹口气，走了。

过了半个多月，马力在方山办画展，据说这几年的作品都在里面。我们一群人去捧场，面对一堆抽象画大眼瞪小眼。马力指着一幅花花绿绿的说:"这幅,我画了我们所有人,叫作朋友。"

我们仔细瞧瞧,大圈套小圈,斜插八百根线条,五颜六色。

我震惊地说:"线索紊乱,很难看出谁是谁呀。"

大家面面相觑,一哄而散。马力愤怒地说:"呸。"

只有小玉站在画前,兴奋地说:"我在哪里?"

马力说:"你猜。"

小玉掏出手机,百度着"当代艺术鉴赏""抽象画的解析",站那儿研究了一个下午。

又过半个多月,马力颤抖着找我们,说:"大家帮帮忙,中午去我家吃饭吧。我丈母娘来了,我估计是场硬仗。"

果然是场硬仗,几个女生在厨房忙着,丈母娘漫不经心地跟马力说,听说你的画全卖了,有三十几万?马力点点头。丈母娘,你自由职业看不住钱,要不存我账上,最近我在买基金,我替你们小两口打理吧。

满屋子鸦雀无声,只听到厨房切菜的声音,无助的马力张口结舌。

管春缓缓站起来,说:"阿姨,是这样的,我酒吧生意不错,马力那笔钱用来入股了。"

丈母娘皱起眉头,说:"也不打招呼,吃完我们再谈怎么把钱抽回来。"

这顿饭吃得十分煎熬,我艰难地找话题,但仍然气氛紧张。吃到尾声,马力默默地走进书房,出来的时候拿着一个盒子,放在桌上,说:"银行卡的密码是我们的结婚日期,明天我去把房子过户给你。"

他顿了顿，说："太累，离婚吧，你跟他好好过。"

就这样马力离婚了，净身出户。我问他，明明是前妻出轨，你为什么反而都给她？马力说，男人赚钱总比她容易点儿，有套房子有点儿存款，就算那个男人对她不好，至少她以后没那么辛苦。

他擦擦眼泪，说："我们谈了四年，结婚一年多，哪怕现在离婚，我也不能无视那五年的美好。"

我点点头，说："也对。"

小玉帮马力租套公寓，每天下班准点去给他送饭。一直到初冬，朋友们永远记着那天。

江洁和现任老公到管春酒吧，和马力迎面撞到。他结结巴巴地说："你们好。"那个男人说："听说你是个伟人？难得碰到伟人，咱们喝两杯。"

马力和江洁夫妻在七号桌玩骰子！整个酒吧的人都一边聊天，一边竖起耳朵斜着眼睛观察七号桌。没几圈，马力输得吹了好几瓶，脸红脖子粗。

江洁说："玩这么小，伟人也不行了。"

大家觉得不是办法，我打算找碴儿赶走那对狗男女。小玉过去坐下来，微笑着对江洁说："那玩大点儿，我跟你们夫妻来，打'酒吧高尔夫'，九洞的。"

"酒吧高尔夫"是个激烈的游戏。去一家酒吧，比赛的双方直接喝一瓶啤酒，加一杯纯的洋酒，叫一杆一球，喝完代表打完一个洞，然后迅速赶往下一家。九洞的意思，就是要喝掉九家，谁先完成，回到起始酒吧，就算赢了。

江洁盯着她，说："好啊，就从这里开始。"接着她点了根烟，报了另外八家酒吧的名字。

全场哗然，我还没来得及阻拦，小玉已经咕咚咚喝完。接着她的眼睛亮起来，如同迷离的灯光里最亮的两盏。

小玉和江洁夫妻一起走出酒吧。所有人轰然跟着出门，我尽力凑到小玉边上，她冲我偷偷一笑，说："你们都忘记我是东北姑娘啦。"

这天成为南京酒吧史上无比华丽的一页。

小玉坐着管春的帕萨特，抵达 1912 街区，从乱世佳人喝到玛索，从玛索喝到当时还存在的传奇酒吧。每次都是直接进去，经理已经在桌子上摆好酒，咕咚咚一瓶加一杯，喝完立刻走，自然有人买单。

接着走出街区，其他五家酒吧老板闻讯赶来，几辆车一字排开。看热闹的人们纷纷打车，一路跟随。大呼小叫的车队到上海路，到鼓楼，到新街口，再回新街口。

文静秀气的小玉，周身包裹灿烂的霓虹，蹬着高跟鞋穿梭南京城，光芒万丈。

喝完一家酒吧，小玉的眼睛就会亮一点儿。她每次都站在出口，掏出一面小镜子，认真补下口红，一步都不歪斜，笔直走向目的地。

管春默不作声开车，我从副驾看后视镜，小玉不知道想着什么，呆呆地把头贴着车窗，脸红通通的。

回起点的路上，小玉突然开口，说："张嘉佳，你这一辈子有没有为别人拼命过？"

我一愣，不知道怎么回答。

小玉看窗外的夜色，说："我说的拼命，不是拼命工作，不是拼命吃饭，不是拼命解释的拼命，那只是个形容词。我说的拼命，是真的今天就算死了，我也愿意。"

她摇摇头，又说："其实我肯定不会真的死，所以也不算拼命。你看，我喜欢马力，可哪怕他离婚了，我也没法跟他在一起。我喜欢他，愿意为他做很多事情，如果我们真的在一起，我一定会要求他也这样对我。但是不可能啊，他又不喜欢我。所以，我只想做个摆渡人，这样我很开心。"

我沉默一会儿，说："真开心，开心得想干他大爷。"

到了管春酒吧，人头攒动，小玉目不斜视，毫无醉态，轻快地坐回原位。人们疯狂鼓掌，吹口哨，大声叫好。马力的前妻不见踪影，大家喊着赢了赢了。

朋友冲进来兴奋地喊："马力的前妻挂了，在最后一家喝完就挂了。"

众人激动地喝彩，说："他妈的，打败奸夫淫妇，原来这么解气。小玉牛×！东北姑娘牛×！文静妹子大发飙，浪奔浪流浪滔滔！欢迎小玉击毙全世界的婊子！"

我问："马力呢？"

朋友迟疑地看了眼小玉，说："喝到第三家，奸夫劝江洁放弃，江洁不肯，奸夫一个人跑了。喝到第八家，江洁挂了，坐在路边哭。马力过去抱着她哭。然后，然后他送她回家了。"

酒吧登时一片安静。

小玉面不改色，又喝一杯，轻轻把头搁在桌面上，说："妈的，累了。"

如果你真的开心，那为什么会累呢。

春节小玉和我聊天，说在南京工作五六年，事业没进展，存不下钱，打算调到公司深圳总部。我说，很好。

我们给小玉送别。大家喝得摇摇晃晃，小玉自己依旧没沾酒。先把马力搀扶到楼下，管春上楼继续背其他人。

马力坐在广场的长椅上，脑袋耷拉着。我看见小玉站在长椅侧后方，路灯把两个人的影子拉长。小玉慢慢抬起手，地面上她的影子也抬起手。她微笑着，让自己的影子抱住了马力的影子。

可是她离马力还有一步的距离。

她要走了，只能抱抱他的影子。可能这是他们唯一一次隆重的拥抱。白天你的影子都在自己身旁，晚上你的影子就变成夜，包裹我的睡眠。

世事如书，我偏爱你这一句，愿做个逗号，待在你脚边。

但你有自己的朗读者，而我只是个摆渡人。

小玉走了。

后来，马力没有复婚，去艺术学院当老师，大受女学生追捧。但他洁身自好，坚持独身主义，只探讨艺术不探讨人生。

后来，小玉深夜打电话给我，说："听到海浪的声音没有？"

我说："听到啦，富婆又度假。"

小玉说："现在我特别后悔小时候没学点儿乐器。一个人坐在海边，如果你会弹吉他，或者会吹口琴，那就能独自坐一天。因为可以在最美的地方，创造一个完全属于自己的世界。"

她停顿一下，说："不过我发现即使自己什么都不会，也能在海边，听着浪潮，看着篝火，创造一个完全属于自己的世界。那，我有回忆。"

我有回忆。这四个字像一柄重锤，击中我的胸口，几乎喘不过气来。

小玉说："刚到深圳的时候，我每晚睡不着，想跟过去的自己谈谈，想跟自己说，摆渡人不知道乘客究竟要去哪里，或者他只是想回原地。想跟自己说，那些河流，你就别进去了，因为根本没有彼岸，摆渡人只能飘在河中心，坐在空荡荡的小船里，呆呆看着无数激流，安静等待淹没。你真傻。"

她说："即使这样，哪怕重来一遍，我也不会改变自己的选择。这些年我发现，无论我做过什么，遇到什么，迷路了，悲伤了，困惑了，痛苦了，其实一切问题都不必纠缠在答案上。我们喜欢计算，又算不清楚，那就不要算了，而有条路一定是对的，那就是努力变好，好好工作，好好生活，好好做自己，然后面对整片海洋的时候，你就可以创造一个完全属于自己的世界。"

2012年春节，我去香港做活动，途经深圳，去小玉家吃饭。小玉依旧文静秀气，说话轻声，买了很多菜，跟保姆在厨房忙活。

我坐在客厅沙发上，抬头看见一幅画，叫作《朋友》。

我说："小玉，你怎么挂着这幅画？"

小玉端着菜走进来，说："三十万买的呢，我不挂起来太亏啦。"

我说："你在里面找到自己了吗？"

小玉笑嘻嘻地说："别人的画，怎么可能找到自己。"

我笑着说："你过得很好。"

小玉笑着说："是的。"

我们都会上岸，阳光万里，路边鲜花开放。

那些细碎却美好的存在

有些事情值得你去用生命交换，
但绝对不是失恋、飙车、整容、丢合同，
和从来没有想要站在你人生中的装 × 犯。

　　发现梅茜会叹气是它四个月的时候。狗头枕在自己前腿，傻不棱登看电视，忽然重重叹了口气。

　　养狗的麻烦在于，你写稿子的时候它缩在书桌下，你躺沙发的时候它贴着沙发趴着，你睡床的时候它四仰八叉卧床边，完全不顾及自己也有窝。

　　然后你耳边永远有它细细的呼吸声。

　　就算在外地，有时候也恍惚听见它的叹气。

或者这是幸运。

就譬如我吃饭，无论上什么菜，都会想到父母的手艺。哪怕身周或车水马龙、喧哗烦躁，或夜深人静、随心独处，都会隐约觉得父母正在小心叮咛，虽然分不清楚具体的内容，可声音熟悉，温暖而若有所失。

这世界上有很多东西，细小而琐碎，却在你不经意的地方，支撑你度过很多道坎。

不要多想那些虚伪的存在，这世界上同样有很多装 × 犯，我偶尔也是其中一个。

如果尚有余力，就去保护美好的东西。

前一阵哥们儿跟我聊天，说吹了一单几十万的合同，很沮丧。我说，那你会不会死？他说不会，我说那去他妈的。

前几天他跑来说，又吹了一单几十万的合同，真烦躁。我说，那你会不会死？他说不会，我说那还是去他妈的。

但他依旧心情不好，那出去自驾游散心吧。

他开着车，在高速上钻来钻去，超来超去。我说，你不能安生点儿吗？他说你害怕啦哈哈哈哈。我说，你这样会不会死？他愣了一会儿，说，会。我说，那他妈的还不安生点儿？

他沉默一会儿，说，你这个处事准则好像很拉风啊。

我说那是。

两天后回南京，过无锡，快抵达镇江，巡航速度一百过一点。

突然闯进暴雨区，突如其来的。

他叫了一声，完了，打滑了！

然后抓着方向盘，嘴里喊完了完了完了。

不能踩刹车，踩了更要命，一脚下去后果不堪设想。开着巡航，松油门也不会减速。于是我们保持着这个悍然速度，决然侧撞。

我们在最左边的超车道，车子瞬间偏了几十度，带着旋儿撞向最右边的护栏。

在不到一秒的短短时间里，我眼前闪过了成百上千的妹子，并排站成长龙，她们有的穿意大利球衣，有的穿西班牙球衣。她们胸口捧着足球，有的大，有的小，眼神都同样那么哀怨，泪光盈盈，说："爷，你不要我们了吗？"

吹牛的。其实我就来得及想：要断骨头了！

接着眼睁睁看见护栏笔直冲我扑来，浑身一松：你妹啊，算了，去吧去吧……

车头撞中护栏，眼前飞快地画个半圆，车侧身再次撞中护栏，横在右道。

哥们儿攥着方向盘发呆，我闻到炸开气囊的火药味，和剧烈的汽油味。

我一边解安全带，一边说，下车啊他妈的。

车就算不自燃，万一后头来一辆愣头青直接撞上，那等我们醒来后也快过年了。

两人下车后，暴雨滂沱。

我开后车门，看到 iPad 被甩到后座，居然还没坏，松口气。接着去开后备厢，掀开垫子找警示牌。

接着两人往前走，找又能躲雨又能躲车的地方。

各方面二十分钟就到齐了。

安全带拉开，做好隔离。车子形状惨烈，前盖整个碎了，发动机感觉快掉下来。嗯，拍照拍照。幸好我们一直坚持不买日本车。

各色人等该干吗干吗，坐着 4S 店的车去签字。工作人员不停地说，你们命大，车没冲出去，也没翻，后面也没追尾，你们是不是上半年做了什么事可以避灾啊，你们这就是奇迹啊……

今天是 2012 年 7 月 1 日。我刚过三十二岁生日九天。

生日过后，我莫名其妙地把所有的佛珠手链都戴着，这不符合我的性格，因为它们都戴着就挺重，也不知道为什么，我就是没有摘下来。

仔细数数，这是我生命中第四次擦着镰刀，懵懂地走出来。

每次不知其来，不明其逝，却有万千后遗症。

每次过后，愿意去计较的事情就越来越少。

完事后，我们去火车站。

在站台边，车还没来，哥们儿突然说，我现在深刻理解你的一句话：

遇到事情的时候，就问自己，会不会死？

不会。那去他妈的。

会。哎哟那不能搞。

有些事情值得你去用生命交换，但绝对不是失恋、飙车、整容、丢合同，和从来没有想要站在你人生中的装 × 犯。

第五夜

The fifth night

争吵 有时候我们失控

从你的
全世界路过

青春里神一样的少年

在几十个亲戚的沉默里，
胖胖黑黑的小山，
三步并作两步，
牵着独眼龙新娘，走进新房。
太阳落山，没有路灯，
农房里拉出几根电线，
十几只幽暗的灯泡，
散发着橘红色的灯光。

小学是拉帮结派的发源期，一切东西都要占。

比如乒乓球桌，下课铃一响，谁先冲到桌子边，就代表谁占了桌，谁能加入进来打球，都要听他的话。他让谁打，谁才能进入内围。

一开始，个头小速度快的人很是风光，几乎每个课间休息都是霸主，直到小山转学过来，才终止了这条江湖规矩。因为无论谁占到，都必须把控制权移交给他。

长大后我才明白，这就是所谓的威信。

当时老师给我起了个外号，叫"大便也要离三尺"，由此可见，我基本没有威信这个玩意儿，连亲和力都不存在。

本来我还能仗着坐前排，偶尔占几次乒乓球桌，当大佬小山出现后，就断绝了我打乒乓球的机会。

我只有两个选择，一、去宣誓效忠，委身为小山的马仔。二、也成立帮派，与之对抗。

我为此挣扎良久。其实我也身怀背景，班长是成绩最好长得最好看的马莉，威信仅次于小山。她莫名其妙每日对我示好，带点儿饼干话梅啥的给我，而且我是午睡时间唯一可以翻小人书看而不被她记名字的人。

但我讨厌她的马尾辫。她坐在我前边，一长条辫子晃来晃去，搞得我经常忍不住爆发出想放火烧个干净的欲望。

日复一日，我永远被排挤在乒乓球桌外围，怨气逐渐要冲垮我的头脑，我做了个出乎大家意料的决定。

我介绍马莉给小山认识，说这个姑娘不错，要不你们谈朋友。小山大喜，这个下流的举动获得了小山无比牢固的友谊，问题是，我失去了午睡时间翻小人书不被记名字的特权。

小山宣布，从此我就是副帮主，和他同样具备挑选打球人的资格。

初一我把时间都荒废在踢足球上。至于小山，他家开饭馆，迅速辍学，彻底当了社会混混儿。

他约我打台球。镇里仅仅一家台球室，一张球台。我穿着球衣，他穿着人造革皮衣，两人进门，已经有几个初中生打得正欢。

小山扯下手套，叼一根云烟，缓步走到那几名初中生面前，冷冷地说："让。"

初中生斜眼看他，也点了根烟。

小山用一副手套拍了拍掌心，蓦然一挥手，皮手套直抽一人的面颊，"啪"，声音清脆。

那人的鼻血立刻流了下来。

其他人勃然大怒，操起球杆，要上来拼命。

小山暴喝："不许动！"

他脱下上衣，打着赤膊，胸口文着一个火焰图案。

那年头的乡下地方，谁他妈的见过文身呀？

初中生愣了愣，喃喃说："你是小山哥？"

小山"哗啦"披好衣服，"噗"地吐掉烟头。初中生们赶紧递烟，点头哈腰。

这是我生命中第一次看到如此威风凛凛的场面。乡村古惑仔的梦想，盘旋于我的少年时代。

后来我们经常打球，有次打到一半，冲进个小山的忠实粉丝，大喊大叫："小山哥，三大队和六大队打起来啦！"

小山拽着我，跳上摩托车，直奔村子。

二十世纪九十年代初的农村，每个村子还保留着大队的称呼，就是所谓的生产大队。

两边起码聚齐了一百多号人，人人手举锄头铁耙，僵持在两村相交的路口，破口大骂。

我一眼认出来满头是血的马莉。

然后小山的眼睛通红，咆哮一声杀了进去。

在那场可怕的斗殴之后，我曾经仔细数了数，跟小山一共见面三次。

前年国庆节，我回老家，在马路边的饭馆前看到了一个中年胖子，乐呵呵地笑着，怀里抱着婴儿。我迟疑地喊："小山。"他冲我客气地笑笑，说："回来了？"

我们在他饭馆吃了顿，口味一般，喝了很多。他醉醺醺地说："你知道吗，我坐了四年牢。但老天对我很好。"

我回头看看抱着婴儿的马莉，马莉左眼无光，右眼流露着对孩子的无限温柔。

十多年前，她的左眼就是戴着假眼珠。

我一直在想，小山困守在落后的小镇，要文化文化没有，要家产家产没有，对，就是困守，却坚守着一个瞎了眼的女人。

而飞出去的兄弟们，如今离了几遭的有，浑浑噩噩的有。

究竟谁对这世界更负责些？

回到初中年代，那场斗殴的现场。

在三大队村长的咆哮声里，他喊得最多的词语就是强奸。我完全不明白什么叫作强奸。听旁边人议论，六大队一个混子，强奸了三大队的一个村姑。因此双方聚众火并，却因为初中生年纪的小山改变了局面。

小山，十五岁，身高一米七七，八十公斤，脾气暴烈。

小山脾气暴烈，只是对我显得宽容。

小学六年级，我一直生活在对小山的深深愧疚中。

开学文艺会演，欢度国庆。我们排了个小品，按照梁祝的故事，在老师指导下拼凑了简易的剧情。

小山虽然又高又胖，但身为帮主，自然担负男一号梁山伯。作为副帮主的我光荣地饰演马文才，衬托帮主的形象。

马莉饰演祝英台。

彩排得好好的，正式演出时台下坐着校长老师同学，黑压压一片，却捅了娄子。

梁山伯到祝英台家拜访，马文才登门求亲，梁山伯见势不妙，赶紧也求亲。两人跪在祝英台面前，手里捧着文书，脚下互相踹着。

台下哄堂大笑。

祝英台选择了马文才手里的文书。

台下鸦雀无声。

负责排练的老师急得站起来乱挥手，小声地喊："错了错了！"

然后台下又哄堂大笑。

含着眼泪的祝英台坚持拿着马文才的文书，死死不肯松开，也不肯换梁山伯手里的文书。

我和小山打台球，偶尔会提起这件事，他随意地搂住我，笑呵呵地说："自家兄弟，过去了就过去了，再说当时被老师赶下台的是我们三个，大家一样难看。"

从我得到的消息，小山和马莉小学毕业后没什么交集。直到那天奔赴三大队、六大队的路口，农民们大打出手，其实也就两人受伤。

问题是马莉便在中间。

她被捅瞎了左眼。

另外一个受伤的是三大队名气很大的疯狗。他从小精神有问题，谁也不敢惹他，比我们大四五岁，小学都没读，谁不小心碰倒了他们家篱笆，或者踩了他家地里的庄稼，他可以拔出菜刀，冲到肇事者家里，穷追猛打不依不饶一个星期。

疯狗捅瞎了马莉。

所以小山抽出摩托车的车锁，一根长长的铁链条，劈头盖脸地狠砸疯狗。

而且只砸头部。

疯狗没死，但住了多久医院我不清楚，因为初二我被调到外地学校。那里比我老家更加破败陈旧，尚未升级为镇，叫金乐乡。据说升学率高一点儿，母亲毫不迟疑地动用关系，将我丢到那边。

这儿的农村黑社会就不太发达了，学校充满了学习氛围，连我骑一辆山地车都会被围观。

后排两个女孩交了钱给食堂，伙食比其他人好些，中午有山药炒肉片之类的吃。她们邀请我，被我拒绝了。

我觉得接受女孩子的馈赠，将会遭遇惨烈的报复。这个观点我保留至今，人家对你好，你就要对她更好，免得到后来每天生活在愧疚里。

女孩在食堂刚端好菜，斜插个高年级生，一把抢过，我依稀记得是碗香芋烧肉。女孩细声细气，说："还给我。"男生丢了一块进嘴里，嬉皮笑脸地说："不还。"

女孩眼泪汪汪，撇着嘴要哭。都什么年代了，还为点儿粮食闹矛盾。

我走上前，但不比小山，没戴皮手套，随手将一整盆米饭扣在男生脸上，接过那碗香芋烧肉，递给女孩。

男生揪住我衣领，他高我半头，我摘下别在衣袋上的钢笔，用嘴巴咬掉笔盖，笔尖逼近他的喉咙。

男生脸色煞白，转身就走。

期中英语考试，我背不全26个字母，看着空白卷子发呆。后排丢了张字条过来，是选择题答案。这是我历史悠久的作弊生涯的开端，而且这开端就极度不成功。因为刚抄一半，监考老师跑近，手一摊让我交出来，我瞥她一眼，缓缓放进嘴巴，努力咽了下去。

监考老师勃然大怒，颤抖着手指着我说："零分！我会告诉校长，你等着回去重读初一吧。"

后排女生颤抖着站起来，小声说："老师，他没有作弊，那是我写给他的情书。"

我经历过许多次怦然心动，这算一次，可惜如今我连她的名字也记不起来。因为没几天我又转学了。

调到母亲自己当校长的初中。和张萍同桌，然后花半学期学完前两年的课程，后面迎头赶上，居然考取了全市最好的高中。

那所高中离老家二十公里，我寄宿在姨妈家。中间瞒着家人请假，骑自行车回老家，参加了一场毕生难忘的婚礼。

小山和马莉的婚礼。

农村人结婚，问村里其他人家借桌子凳子碗筷，开辟一块收割掉庄稼的田地，请些老厨子，烧一大堆菜肴，乡里乡亲谁来了便立刻落座。

乐队敲锣打鼓，吹唢呐。

小山家应该是掏出了很多积蓄，因为一大块田地上，摆了起码四十桌，但空荡荡的，只坐了十桌不到。

大批大批熬好炖好的菜，摆在长条桌上，却端不出去。

小山的姑妈抹着眼泪跟我说："他把疯狗打成残疾，连夜逃跑。整整三年多家里联系不到他，后来听说只有马莉接到过他的信。于是亲戚好友们劝马莉，写信给小山，让他回来自首。

于是马莉写了这封信。于是小山回来自首。

他自首的时间，就放在这场婚礼之后第二天。

他是凶手，是囚犯。淳朴的农村人胆小而思想简单，他们不想蹚浑水，因为不吉利。这个喜宴在他们眼中，充满污浊和晦气。

在几十个亲戚的沉默里，胖胖黑黑的小山，穿着灰扑扑的西装，满脸喜气地放起爆竹。新娘接来了，一辆面包车停在田边。

在几十个亲戚的沉默里，胖胖黑黑的小山，三步并作两步，牵着独眼龙新娘，走进新房。

太阳落山，没有路灯，农房里拉出几根电线，十几只幽暗的灯泡，散发着橘红色的灯光。

在窃窃私语的几桌人中，我猛地擦擦眼泪，提着两瓶酒冲进新房，一瓶交给他，互相碰碰，干掉。

小山对我笑笑，我无法明白这个笑容里包含的情绪。苍白，喜悦，悲伤，愤怒，还有一丝淡淡的满足、解脱。

我只能砸掉酒瓶，骑上车，踩二十公里回学校。

小山的女儿起名小莉。前年我们在他家饭馆吃饭，女儿两岁。他1997年坐牢，2001年出狱，家里的饭馆早已变卖，赔偿给了疯狗家。

小山一出狱，看到家里基本没有经济收入，三间平房租出去，父母和马莉挤在一间小破屋子里。

他喝了几天酒，同马莉离婚，借了点儿钱留给父母，自己坐火车去天津闯荡。

中间路过南京，我请他吃饭。

他打着赤膊，胸口一朵火焰文身，大口喝着二锅头，有一搭没一搭地聊着。

我问："你去天津有什么打算？"

他说："跑运输，起码把饭店给赎回来。"

我问："马莉呢？"

他说："我亏欠她，现在还不了她，不管她嫁给谁，等我回老家，一定给她一笔钱。男人什么都不能欠，当然更不能欠女人。"

我已经欠了好几个女人，没资格说话，狠狠喝了半瓶。

他把喝空的酒瓶砸到地上，拎起破旧的包，说："不用送。"扬长而去。

然后九年不见。

由于我家搬到市里，所以回去就很少到老家。直到这个国庆，我去走亲戚，路过那家饭馆，发现它又属于小山了。

我与他们再次相遇，马莉一直没嫁人，和小山 2007 年复婚，2010年小莉两岁。

想来想去，我只是陪伴他们的一颗暗淡无光的星，无法照明。

我是小学班长本子上记录的不睡觉的人名，是被自己吞下肚子的考试答案，是骑着山地车来回奔跑的下等兵。

梁山伯没有下跪，他休了祝英台。可是祝英台待在原地，远远想念着梁山伯，一直等到他回家。

他们的两次婚礼，一次我有幸参加，是在几十个亲戚的沉默里，胖胖黑黑的小山，三步并作两步，牵着独眼龙新娘，走进新房。太阳落山，没有路灯，农房里拉出几根电线，十几只幽暗的灯泡，散发着橘红色的灯光。

第二次据说没有操办。不过，他们毫不遗憾。

至于马文才，已经不是这个故事里的人了。

而那些如流星般划过我生命的少年，有的黯然颓落，有的光芒万丈，从这里依次登场。

有时候我们失控

我感觉随时处于岩浆边缘，
硫黄的气息充盈车厢。
我把这个称为：
丈夫志四海，万里犹比邻。

很多人开车都有路怒。

第一级别为微路怒。还是能控制自己情绪，不会被影响到，嘴里嘀咕两声，该怎么开还是怎么开。主要还是碰到实在不符合规矩的，才会皱眉吐点儿脏话。我认识一个女孩，就是微路怒，碰到硬插的、突然变道的，就连续小声喊："哎呀哎呀王八的蛋蛋呀。"虽然焦躁，还不至于脑门充血。我把它称为：青箬笠，绿蓑衣，斜风细雨不须归。

第二级别为大路怒。只要有点儿动静，就有发飙的迹象了。但针对的主要还是影响到自己的车辆。开始有肢体动作了，按喇叭，拍方向盘，升级一点儿是摇下车窗吼两嗓子。和微路怒的区别是，已经开始有报复的冲动。比如你别我车头，要有机会我就也别你一下。但语言还处于单调状态，集中在"他妈的会不会开啊""想死找别人的车去""奔丧也没你这么赶""按你大爷的喇叭"丹田已经燥热，胸腔已经点燃。我把这个级别称为：林暗草惊风，将军夜引弓。

第三级别为暴路怒。有个哥们儿，坐他车比较受折磨。有次我在副驾，从上车开始他的嘴巴就没停过。大声地骂："破车双黄线变个屁呀，滚犊子又变回去了，想骗老子追尾是吧，狼心狗肺的杂碎儿！"我抬头定睛一看，前头没车，再仔细看，前方两百米处，有辆奥拓的确又变道了。是的，我没看错，前方两百米。到了这个级别，就算没有被影响，怒气抵达一切视力所及范围之内。我感觉随时处于岩浆边缘，硫黄的气息充盈车厢。我把这个称为：丈夫志四海，万里犹比邻。

第四级别为疯路怒。真实经历，坐出租车，被一辆私家车别了车头。司机雷霆震怒，以每分钟两百多字的频率，一边连珠炮骂娘，瞪眼珠吹胡子，一边猛追几百米，硬生生追上去，别回车头。别的同时冲对方喊："行不行啊你不行回自己家客厅开去！"我还有个朋友，从上海沿着沪宁高速到无锡，快要到出口了，被开宝马 Z4 的女生闪了多次远光，结果眼珠血红，跟着她车屁股一路远光，一路咆哮冲到镇江，以女生服输减速让他先过才结束。然后再掉头回无锡。我把这个级别称为：但使龙城飞将在，不教胡马度阴山。

以前我是第二级别的，大路怒。2005 年北京大雪，从高速回南京，虽然在意路沿，但还是想超个车，导致在高速上回旋 720 度。幸好后面的车都开得很慢，没有发生严重事故。

惊魂未定之后，无论碰到什么样的车子违规，我都不会吭声，想超我就松个油门，想变我就让一个车头，闪我就让，不该开远光的绝不开远光。

因为人在车上，车在路上，随便一个失控，就比摔跤严重得多。

没什么好怒的，大家都想赶时间，但我不想赶着死；大家都想抄捷径，但我不想抄末路。

不算夸张。就算一辈子不会出事，但生气容易折寿，也不合算。

十二星座的爱情

十二星座的光芒从不停歇，
它们穿梭过你的生命，
你永远在它们的共同辉映下。
原本你以为自己属于其中之一，
其实这一生，
你都在缓缓经历着所有星辰的痕迹，
有深有浅，却不偏不倚。

双子座

参加朋友婚礼，到了现场，美美居然发现因为自己这桌是老同学，所以席卡上还有前任的名字。美美打个激灵，开始心中准备腹稿，万一他和我说话，我该怎么回答？

美美假想着前男友微笑着对她说："你好。"

然后她努力在心里开始造句："好什么好！声音那么大，野狗唱山歌吗？跟渣土车一样走到哪儿都是晦气，我呸！扫帚星来参加婚礼不是违法的吗？保安呢，拖出去腰斩！哎呀你老婆怎么没来？就算死了也把棺材扛过来嘛，这才叫诚意……"

她越想越多，有人说："你好。"

美美抬头一看是前任，一愣，说："你好。"

两人再也没有说话。

金牛座

雪花正在写笔记，明天得去做家教。

她备课很认真，因为这样才对得起雇主。

室友冲进来，神秘地说："你知道吗？你喜欢的师哥，对，就是他，找了个女朋友！"

雪花张大嘴巴，什么话都说不出。

室友惋惜地叹气："唉，谁让你不敢追，现在没指望了，他的女朋友可有钱了呢！"

雪花的眼泪唰地流下来，她丢掉笔记本，手忙脚乱地去找手机，大叫："有钱了不起吗？！我现在就打电话，去找十七八份兼职，我也会有钱的！"

处女座

约好一起旅游，要去买车票，东东拿了男朋友的身份证，结果直奔移动营业厅去打印通话记录。东东坐在路边长椅，手里拿着长长的纸条。从密密麻麻的号码中，用红笔将其中一个依次圈出来，画了上百个圈。

人来人往，没有人看她一眼。

东东回家，男朋友正在看电视。她正要把纸条摔到他脸上，男朋友说："我们分手吧。"

东东的手僵在衣服口袋里，攥紧了那张通话记录单。

她的眼泪夺眶而出，说："不要。"

天秤座

大清早，程达就在家大吵一架。女朋友含着泪水，拿着有合影的相框，喊："不要过了是吗？"

程达冷冷地说："不敢砸是吧，我帮你砸。"

说完他抢过相框来，在地上砸得七零八落，说："翻我手机翻出什么来了？翻出什么来了？"越说越气，他从床头柜找出一张明信片，一撕两半："对，不过了，爱滚滚！"

女朋友哭得讲不出话，程达摔门而出。

整天上班没心情，下班跟哥们儿喝酒，说自己找错女人了，真他妈的贱。哥们儿跟他干杯说："没事没事明天就好了。"

发泄完了，程达突然觉得心疼起来，因为其实整天他都在回想，那个女孩趴在沙发上，手里托着一张明信片，说："达子，这是你唯一送我的礼物呢，我每天都看。"

他跑回家，假装什么事都没发生，推开门跟平常一样说："我回来了。"

可是从那天开始，这间屋子里再也听不到她的回答："哎呀先换鞋。"

天蝎座

周末七仔赖床，看到女朋友的微博说，跑步真要命，不过身材变好了呢。

七仔回复：别太累。字打完，又删掉，怕她说自己唠叨。

他打开冰箱，空荡荡的，于是打算去菜市场买排骨炖汤。还没出门，他又想，排骨汤也没什么好喝的，油腻腻的。

七仔回到床上，翻来覆去，又去看女朋友的朋友圈，她发了张照片，在一家鲜花盛开的茶社。

七仔看着她的笑脸，忍不住在她的页面继续往前翻，翻到昨天和前天的，可是没有其他的。

犹豫了一会儿，他发了条短信：老时间、老地方见，好吗？

下午恍恍惚惚地过去了，没有回音。

七仔一天没吃东西，等到天黑了，夜深了，窗外只有路灯在看他。

他拿起电话，三天来第一次打女朋友的电话。拨通过去，对面有个女声："您拨的是空号。"

这是七仔分手后的第三天。

白羊座

元子拎着大包小包，都是刚逛街买的衣服，自己的信用卡已经刷爆。她一路不说话，从出租车上下来，夜很深。男朋友默默跟在她身后，把她送到楼下。

男朋友说："我只能送你到这里了。"

元子说："我知道。我们一起走了很多地方，你还是把我送回来了。"

男朋友说："对不起。"

"你是要说对不起。你带走我的时候，我比现在年轻，喜欢唱歌，身边有很多朋友。"

"对不起。"

"闭嘴，滚吧。"

元子走上楼梯的时候，眼泪才掉下来。

巨蟹座

沫沫躺在床上，阳光洒满被子。她用力大叫："妈，你又在大扫除啊，帮帮忙嘛，我这儿也清理一下。"

妈妈在她屋子里瞎转，说："全是灰，这些唱片和书扔掉算了。"

沫沫一骨碌翻身起床，叫："不扔，我还有用的。"

妈妈嘀咕着出门。沫沫突然发呆，看着柜子上的那些零碎儿。

总有一首歌，是我们都喜欢的；总有一本书，是我们都喜欢的；总有一段时间，我们是彼此喜欢的；总有些喜欢，在一段时间之后，是怎样都来不及的。

总有些东西，对你毫无价值，可是一直舍不得扔的。

我住在你丢掉的那首歌里面，怀抱所有音符；我睡在你丢掉的那本书里面，封面封底夹着我所有的白昼与黑夜。

水瓶座

刘吉微笑着说："好了就送到这里，拥抱一下。"两人轻轻抱了一下，女朋友拖着箱子走进检票口。刘吉忍不住喊："真的不回来了吗？"女朋友听不见，隔着玻璃冲他挥挥手。

刘吉站了十分钟，转身离开。他不回头了，努力走得很快。一个人走进旁边的小店，要了份十八元的快餐。

吃了一口就咽不进去。不好吃，也没有味道。你该上车了吧。呆呆地坐在小店里，心里是她坐在车里，头靠着玻璃窗的样子，似乎自己还坐在旁边。

你驶离这座城市的时候，天好像黑了。

原来送别是这么容易天黑。

射手座

在张华上的小学，图书馆没几本书。每天每班由班长去借，但只能借一本，然后有兴趣的同学可以传阅。

张华跟班长关系很好，他甚至想象过和她结婚的画面，想着想着笑了起来，被老师用粉笔头扔到脑门。

班长每次借回来书，都先给张华。要是张华不喜欢读，才交给下一个同学。

直到有一天，班长借回来书，给了前排的男同学。

张华愣了一会儿，假装午睡，然后整个下午都听不进课。他想，可能班长知道，自己不会看这本书吧。

第二天，班长借回来书，依旧先给了前排的男同学。

回家路上，田里开着油菜花。张华边走边哭，然后从书包里拿出一本连环画，撕得粉碎。这是求妈妈买的，如果今天班长能先给他书，他就打算把这本连环画送给她。

走在油菜花边上的张华，满脸泪水，心想：有什么了不起，你送给我，我也不看了。

可是，我们手中都有一样宝贝，别人不见得想要呢。

双鱼座

水果听到身后有人打喷嚏。她心里一紧，提前走了，去学校医务室买点儿感冒药。

她把药送到男生宿舍楼，让宿管大爷转交给他。

下午他带着一只水杯走进教室。借着转身跟其他同学聊天的机会，水果用余光瞥到，他的杯子边摆着那板白加黑。

水果觉得很开心。

她又回头，却看见他的女朋友拿他的杯子喝水。

水果觉得不开心。

晚上，室友跟远方的男朋友煲电话粥。水果对着镜子左看右看，心想，我是不是也应该把长头发留起来呢？

宿管阿姨进来，递给她字条，说是那个男生给她的，电话打不通。

水果的心脏要跳出胸膛，发现室友没有注意到，赶紧藏起字条。

熄灯后，她整个人钻进被窝，打开手电筒，看那张字条。

"明天高数给我抄一下好吗，看在老乡的分儿上，求你了。"

狮子座

绿灯只剩四秒，前面的车迟迟不起步，小豆一个左拐，结果卡了三个红灯。

小豆暴跳如雷，扭一把方向盘直接变道，换直行，蹭到别人的车。

一个中年男子下车，摸摸擦出来的漆痕，皱着眉头说："有毛病吗？"

小豆说："我的车子也蹭着了。"

中年男子说："小姑娘，那是你自己的事情。再说了，你的车哪儿有我的蹭得厉害。"

小豆掏出手机，猛砸在自己车玻璃上，喊："好啊，现在够了吧，现在够了吧，现在我比你倒霉了吧？"

中年男子一愣，嘀咕说："神经病，算了。"说完，他回车上开走了。

小豆看着地上砸坏的手机，又看看砸出裂痕的车窗，面无表情地坐回车里。

她扭头对副驾的男朋友说："我知道了，那就分手吧。"

车轮碾过手机，碾碎小豆喜欢的照片。

摩羯座

舟舟晾好衣服，阳光透过窗户，十分晃眼。

她把晾好的衣服一件一件再次整理平顺，回到厨房，打开冰箱，打算做早饭。

煎鸡蛋，牛奶，面包，整齐地放在桌面。

舟舟又在冰箱上贴了张字条，想了想，写了行字：我爱你，你要保重自己。

已经九点了。

舟舟拖着行李箱，走到门口，回过头再看了一眼这个熟悉的房间。

她掏出手机，拍了一张照片，尽量把每一件东西都能留在照片里。

然后她看见男朋友站在屏幕里。

他说："一定要走吗？"

舟舟的眼泪哗啦啦流下来，她微笑着说："再见。"

舟舟走出门，阳光依旧晃眼。她打开手机，看那张照片，哭得不能自已。

最后

每颗星辰镶嵌在天空之中，在你死去之前，都不会看见它们移动一分一毫。

美美、雪花、东东、程达、七仔、元子、沫沫、刘吉、张华、水果、小豆、舟舟……他们全部都是你。

　　十二星座的光芒从不停歇，它们穿梭过你的生命，你永远在它们的共同辉映下。

　　原本你以为自己属于其中之一，其实这一生，你都在缓缓经历着所有星辰的痕迹，有深有浅，却不偏不倚。

　　只是它们出现在你生命的不同阶段而已。

那个愤怒的少年

他还徜徉在一条马路上，
瘦瘦的少年满脸泪水，
踩着梧桐叶和自己的抽泣声，
被无数匆忙的行人超过。

1

总有一段路，你是会一边哭一边走完的。

我的大学同学毛军，大三站在女生八号楼下，呆呆看着四楼的阳台。然后那里落下一个本子。他捡起来，是自己为她做的笔记，规整的字迹，用红笔描好重点，密密麻麻。

上面写着：我想了很久，以后别再找我了。

毛军一边哭，一边从鼓楼校区走到北京东路。

脚下踩着梧桐叶和自己的抽泣声，被无数匆忙的行人超过。

这座城市正在降温，十一月的太阳脆弱得如同扉页，署名被时间染黄，打开就是秋天，从阳台一路坠落，成为全书的最后一篇。

毛军在出租屋里闭门不出几个月，从此变得脾气暴躁，容易愤怒。

2

我工作后四五年，和毛军在北京相逢。

两人找了家饭馆，由于没提前订座，结果排队等了半个小时。我看毛军眉头紧皱，几乎就快控制不住，幸好服务员过来喊我们的号，总算有张两人桌。

点了五个菜，一瓶白酒。

我刚吃几口，毛军拍桌子了。

"服务员，过来过来，他妈的忘记放盐了吧？"

"服务员，你们还要不要做生意？这个鱼鳞都没刮干净！"

"服务员！算了，老板呢，经理呢？我呸，呸，呸！沙子！"

服务员的腰都快鞠躬鞠断了，最后他同意回锅去炒，五个菜重炒了三个。

我愣了一下，几次也没拦住他，因为他爆发得太快，我只能对服务员微笑说："不好意思，这菜其实还好，麻烦你了。"

毛军余怒未消，说："有啥不好意思的，他妈的。"

我差点儿也怒了："你脾气好点儿会死啊。"

他挠挠头："会死的。"

我说："满世界都是陷阱，愤怒会带你走进最坏的结果。"

他说："吓唬人干吗？"

我叹口气，说："跟你讲个故事吧。以前我在电视台工作，被一个做新闻的哥们儿拉着去做餐饮业的幕后专题。"毛军说："脏呗，各种脏呗。谁他妈不知道。我一个哥们儿在日本料理店，结果他自己也受不了那么脏，辞职了。"

我说："嗯，是脏。不过我要说的是，烹饪业有个规矩，客人要求回锅重炒的，厨师炒好必须得往里吐一口口水。炒完菜，厨师说：'去你娘。'啪，一口痰，搅拌进你的莴笋烧肉。服务员心情不好，去你娘，啪，又一口。"

毛军不屑地说："谁他妈信，那我跟服务员磕个响头，大爷这菜真的很淡，求求您帮我重新炒一份，孙子我口重您见谅哪！"

我沉默了一会儿，说："这么说吧，你什么态度跟厨师没关系。传达消息的是服务员，他只会跟厨房说，鱼香肉丝重炒一份！吐口水的规矩是厨师的，我客客气气是指望碰到个好心的服务员，能和厨师打好招呼，当然希望不大。据说这是行规。以前不知道也就算了，现在知道了，总觉得别扭。"

毛军说："难道老子要掏钱再买？"

我说："不好吃直接走人，或者这次算了，下次别来。"

毛军嘿嘿冷笑："凭什么便宜他，老子就不走，吃点儿口水怎么了，又不是大便，反正吃不出来。"

菜上来后，我没动筷子，只夹之前的那两道菜。

毛军毫无顾忌，依旧在骂骂咧咧，说着这几年所有碰到的令他愤怒的事情。我附和几声，没多久两人都醉了。

我还记得自己在对他不厌其烦地嘟囔："满世界都是陷阱，愤怒会带你走进最坏的结果。"

他不会听进去的。

因为他还徜徉在一条马路上，瘦瘦的少年满脸泪水，踩着梧桐叶和自己的抽泣声，被无数匆忙的行人超过。

3

一年后，毛军死于肝癌。

戊型病毒性肝炎，通过唾液传染，转为肝癌。被称为癌中之王的癌。

4

"六子，过来，帮大叔往里吐口口水。"

"好嘞。"

"六子，你妈呢？今儿你不上课？"

"我妈跟老板请假去了，一会儿带我去医院检查。"

谁说女人不懂逻辑

人不犯我，
我不犯人。
人若犯我，
我气得哭了。

去年这时候，有个男性朋友被送进了精神病院，大家引以为鉴。男人进来，女人勿点。

这个朋友，被老婆的闺密们气得手抖，认为她们是山炮。闺密团也认为他是个山炮，决定开次审判会，正好他也想当面论一论，所以就定下日期，大家坐而论道。

闺密 A 说："明天情人节，你准备了什么礼物？"

朋友踌躇满志，掏出笔记本，上面记录了次日早九点一直到晚上的安排。

闺密 B 随便翻翻，冷笑说："都是些老掉牙的玩意儿。"

闺密 C 幽幽地说"你听过一个寓言没有？明明我喜欢的是苹果，结果你偏偏给了我一车香蕉，我还非得泪流满面感恩戴德。"

"这就是你们男人的逻辑，可我犯了什么错，我只是想要一个苹果而已。"

朋友怒道："我怎么知道你到底要什么？"

闺密们放声大笑，说："你连这个都不知道，还好意思觍着狗脸说爱我？"

朋友的气势弱了三分，说："那女人就没有错的地方吗？"

闺密们齐齐喝了口咖啡，说："你说说看。"

朋友起劲儿了，说："正在开会，结果老婆电话一个接一个，讲了在开会啊，还打还打，你就不能体谅我吗？"

闺密们勃然大怒，说："你是对夺命连环 call（电话）有意见？你以为我们想？这都是因为爱你啊！要是心里没有你，谁他妈的给你不停地打电话？"

朋友脖子一缩，咆哮了："我要的是安静！安静就是我的苹果，电话就是我的香蕉，给我一车香蕉，我还非得泪流满面感恩戴德？我只不过想要一个苹果而已！"

闺密 A 拍桌子："造反了！你这么懂逻辑去做律师啊？！"

闺密 B 拍桌子："太冷血！诡辩狗！"

闺密 C 拍桌子："爱是不能交换，不能类比，你这么说就是把爱情当作交易了！"

朋友一滞："你们先说的苹果香蕉……"

闺密们集体掀桌："去你妈的苹果香蕉，喜欢吃我们帮你买一车皮，麻烦你对女朋友好一点儿可以吗？"

朋友额头爆青筋。

服务员过来摆好桌子。

闺密们冷笑："还有怨气？通通说出来，让我们看看你有多 low（没品）。"

朋友豁出去了，说："一次我换灯泡，结果失败了，被骂了一个多星期。

"至于吗？倒车没入库，连倒了七八把，整晚没理我，至于吗……"

闺密 A 大笑："换灯泡、倒车什么的都不会的男人，还要来干吗？"

闺密 B 冷笑："芝麻大的事情你有脸说？"

朋友额头爆青筋，喘气："对啊，芝麻大的事情，说了我一个多星期……"

闺密 C 语重心长地说："男人，多做，少说。"

朋友愣了一会儿，说："前几天她心情不好，我上蹿下跳，买这买那，端茶送水，也不给我好脸色……"

闺密们相视而笑："我们女人多简单，其实也不用你做什么，只要说一句'我爱你'。"

朋友颤抖着问："刚刚你们还告诉我，多做，少说。"

闺密们恨铁不成钢，大叫："该做的时候做，该说的时候说！"

朋友带着哭腔问："那什么时候该做，什么时候该说？"

闺密们掀桌："这都不知道，还好意思觍着狗脸说爱我？！"

服务员过来摆好桌子。

闺密 A："有时候做点儿事情，代替说'我爱你'。"

闺密 B："有时候不用做事情，直接说'我爱你'。"

闺密 C："搞错了，就是你的不对。"

朋友抱头痛哭，崩溃，干号："那对和错到底总有个标准吧？！"

闺密 A："女人发发牢骚，其实不用你来显摆分析，只是要你的安慰。"

闺密 B："女人是情绪的，感性的，别用逻辑来框死我们。"

闺密 C 总结："一句话，女人不在乎对错，在乎你的态度。"

朋友迷惘地问："那我的态度有什么问题？"

闺密 A："你的态度不对。"

闺密 B："你的态度是错的。"

闺密 C："说过我们不在乎对错，只在乎你的态度！"

朋友掀桌："那态度对和错总有个标准吧？！"

闺密们掀桌："这都不知道，还好意思觍着狗脸说爱我？！"

服务员过来摆好桌子。

朋友低头："我错了。"

闺密们扭头："错在哪里？"

朋友低头："逻辑错了。"

闺密们大怒："放屁！"

朋友吓尿了："是态度错了，是态度错了。"

闺密们放缓口气："态度错在哪里？"

一股阴森森的寒意从朋友心底涌上，他开始克制不住地战栗，说："错在……错在……不该要苹果啊……不对……错在做做说说啊……不对……错在态度的逻辑啊……不对……错在……错在…"

朋友掀桌，眼泪四飙，手舞足蹈地哭喊着："我他妈连这都不知道，怎么好意思觍着狗脸说爱你啊……"

服务员把朋友送去了精神病院。

服务员摆好桌子。

闺密 A 摇头："这么简单的问题，认错，就是对的态度。"

闺密 B 惋惜："对的认错，不是知道自己错在哪里，而是知道怎么认错。"

闺密 C 微笑："认错的态度，就是对的逻辑。"

闺密们举杯："谁说我们女人不懂逻辑。"

第六夜

The sixth night

放手　　我是爱情末等生

从你的

全世界路过

暴走萝莉的传说

天气不好的时候，
我只能把自己心上的裂缝拼命补起来，
因为她住在里面，
会淋到雨。
很多时候，
不知道自己要怎样努力，
怎样加油，怎样奋不顾身，
才配得上她。
每个人都有自己的保护神。
不放心自己，才把生命托付给你。

　　我发现，有恐高症的大多是男人。我身边没几个男人敢坐过山车，包括徒步穿越无人区的一些驴友。反而是女人，在弹跳球、海盗船、风火轮上面大呼小叫，激动得脸蛋通红。

　　何木子就这样。她身高一米五五，大波浪卷，萝莉面孔，其实是外企高管。她胆大包天，挚爱这些高空项目，每天碎碎念要去跳伞。

　　我亲眼见识她的能量，是在和一群朋友在毛里求斯一个度假村喝酒时。坐在酒店大堂，喝至后半夜，把啤酒喝完了。何木子说："你们大老爷们儿继续聊，酒的事情交给我。"

我陪着她去买酒，走了近两百米到度假村超市。她买了两箱，我说你先走，我来搬两趟。她说不用，然后蹲下来，娇滴滴地喊："呀嘿！"然后把整箱酒扛到肩膀，摇摇晃晃地搬到酒店。

朋友毛毛送她去房间，回来后说，何木子往床上一躺，一手揉肩膀，一手揉腰，"哎哟哎哟"叫唤了十分钟，越叫声音越小，睡着了。

在沙滩，我看到了更震惊的一幕。何木子穿着长裙，举着一个巨大的火把，比她个子还高，脆生生地狂笑："哇哈哈哈哈！"疯狗般蹿过去，后面大呼小叫跟着七八个黑人。我大惊失色，问旁边的阿梅。阿梅说："何木子一时兴起，抢了黑人的篝火……"

何木子就是传说中的"暴走萝莉"。

阿梅嗫嚅地说："我在生篝火，半天生不起来，被旁边黑人嘲笑了。我听不懂英文，反正他们指着我又笑又鼓掌。何木子暴怒，就去抢了黑人的篝火……"

我呆呆地看着阿梅，叹气道："阿梅呀，你跟何木子究竟谁是男人啊！"

这两人属于青梅竹马，在南京老城区长大，两家相隔狭窄的石板街道面对面。因为阿梅出名胆小，就得了这个娘娘腔的外号，之所以没被其他男生欺负，就是因为一直处于何木子的保护下。

何木子有段不成功的婚姻。她跟前夫古秦是在打高尔夫时认识的，相恋三年结婚。七月结婚十一月古秦出轨，跟旧情人滚床单。被一个哥们儿在酒店撞到，古秦不认识他，结果哥们儿匆匆打电话给何木子，何木子当时在北京出差，小声说"我知道了"。

哥们儿嘴巴大，告诉了我。我查了查，查到古秦的旧情人其实也是已婚妇女。阿梅担心何木子，我就陪他赶到北京，恰好碰到何木子呆呆站在雪地里。她出差时间过一个星期了，可是不想回去。阿梅紧张得双手发抖，我叹口气，正要告诉她这些，何木子的手机响了。

她冲我笑笑，打开免提。是古秦的母亲。

老太太很温和，说："何木子，我对不起你。"

何木子说："不，没人对不起我。"

老太太说："怎么办？"

何木子说："交给他们选择吧。"

老太太说："怎么可以，会拆散两个家庭。"

何木子说："是啊，但我们有什么办法呢？"

老太太说："他为什么会做出这样的事情？"

何木子脸色惨白，帽子沾满雪花，说："是我没有照顾好他。如果他和那个女人在一起了，阿姨你不要看不起那个女人，因为从这一天开始，她是你儿子的妻子。"

我注意到她已经不喊"妈妈"，改了"阿姨"的称呼。

老太太沉默很久，说："木子，你是一个了不起的女人。"

了不起？

暴走萝莉没有暴走，她挂上电话，对我们微笑。小脸冷得发青，那个笑容像冰里冻着的一条悲哀的鱼，而红色的帽子鲜艳醒目，在纷纷扬扬的雪花中无比骄傲。

她扯下帽子，丢给阿梅："冷，给你戴。"

阿梅戴上女式绒线帽，样子滑稽。

离婚时，何木子一样东西也没要。房子，车子，全部还给了古秦。

很平静如常地过了小半年，大家小心翼翼谁也不去碰触，她与朋友照常谈笑风生，只是眼神底下有着不易觉察的悲伤。

一次在阿梅家喝酒。何木子看着天花板，突然说："两个人至少有一个可以幸福。"

阿梅闷声不吭，但我觉察他全身发抖。

我用胳膊肘顶顶阿梅，阿梅支支吾吾地说："木子，小时候你经常保护我，可我保护不了你。"

何木子斜着眼看他，接着暴走了。

她大叫："我的确对他不好啊，没有耐心，他想要个温柔的老婆，可是我脾气差，别问我脾气怎么差了，我告诉你，就是这么差！"

她喊叫着，满屋子砸东西。

小小的个子，眼花缭乱地沿着墙瞎窜，摸到什么砸什么，水壶、相框、花盆、锅碗瓢盆。她气喘吁吁地推书架，书架摇摇欲坠，我要去阻止她，被阿梅拉住，他摇摇头。

然后书架倒了，满地的书。

何木子泪流满面，说："我不知道，我就是难过，你救救我好不好？"

她蹲下来，抱着脑袋，哭着说："你救救我好不好？"

这次暴走，几乎把阿梅家变成了一地碎片。

过了一个月，大家打算聚会，酒吧订好桌子。阿梅先去，我们到后，却发现坐了人，阿梅呆呆站在旁边。原来位置被占，阿梅不敢跟他们要回来。

何木子一字一句地跟阿梅说："你不能老这样，跟我学一句话。"她顿了顿，大声说，"还能玩儿啊！"

阿梅小声跟着说："还能玩儿啊……"

何木子一把推开他，走到那几个男人前，娃娃音声震全场："还能玩儿啊！"

我们一起吼："还能玩儿啊！"

保安过来请走了他们。

又过一个月，何木子请了年假。她的朋友卡尔在毛里求斯做地陪，于是她带着我们一群无业游民去毛里求斯玩。

玩了几天，深夜酒过三巡，何木子的手机振动。她读完短信，突然抿紧嘴巴，抓着手机的手不停颤抖。我好奇接过来，是古秦发来的，大概意思是：你和我母亲通过话？你怎么可以没有经过我允许，跟我母亲说三道四呢？你还要不要脸？你懂自重吗？

我心中暗叫："糟糕，这下要暴走了。"

果然，何木子拍案而起："他妈的，这样，我们明天去跳伞。谁要是不跳，我跟他没完！"

大家面面相觑，望着暴走边缘的何木子，不敢吭声。所有人头摇得像拨浪鼓，齐声说："你走，跳跳跳跳个头啊……"

第二天，在卡尔带领下，直奔南毛里求斯跳伞中心。大家坐在车上，一个个保持着活见鬼的模样，谁都不想说话。抵达后换衣服，签生死状，接着坐在屋子里看流程录像，管春第一个出声："真的要跳吗？"

何木子冷冷看着他。于是全场噤若寒蝉。

何木子在大家闪着泪光的眼神中，指挥卡尔拒绝了教练捆绑串联跳。

做了会儿培训，众人表情严肃，其实脑海一片空白，嗡嗡直响，几乎啥都听不进去。我嘶吼着："三十五秒后开伞！我去你们的大爷，啥都能忘记，别忘记三十五秒后开伞！晚开就没命了！"

管春哆嗦着说："真的会没命吗？"

登机了。爬升到三千多米高空。我们一共六个人，配备了两个教练。教练一遍又一遍替我们检查装备，卡尔喊话："准备啦，现在平飞中，心里默背要领，教练会跟你们一起跳。来，超越自我吧！"

何木子不屑地扫了眼大家，弓着身子站到机舱口，站了整整十秒，回过头，小脸煞白，说："太高了，我们回去斗地主吧。"

一群人玩命点头。

教练比画着，卡尔说："不能输给懦弱，钱都交了，不跳白不跳，其实非常安全……"

教练来扶何木子胳膊，何木子哇地哭了，喊："别他妈碰我，你他妈哪个空军部队的！我同学的爸爸是军区副司令，你别碰我，我枪毙你啊！别碰我我要回家！姥姥救命啊，毛里求斯浑蛋要弄死我……古秦你个狗娘养的把我逼到这个田地的呀……我错了我不该跳伞的……我要回家吃夫妻肺片呜呜呜呜……"

这时我听到角落里传来嘀咕声："还能玩儿啊还能玩儿啊还能玩儿啊……"

我没来得及扭头，阿梅弯腰几步跨到机舱口，撕心裂肺地喊："还能玩儿啊！"

他顿了下，从胸口扯出一顶红色的女式绒线帽，紧紧抱在怀里，用尽所有的力气喊："何木子，我爱你！"

然后阿梅纵身跳了出去。他紧紧抱着红色女式绒线帽跳了出去。仿佛抱着一朵下雪天里冻得发青的微笑，所以要拼尽全力把它焐暖。

我们听到"何木子，我爱你"的声音瞬间变小，被云海吞没。

何木子一愣，大叫："还能玩儿啊！有种你等我一下！"

她纵身跳了出去。

管春一愣，大叫："还能玩儿啊！看来阿梅也要找个二婚的了！"

他纵身跳了出去。

毛毛一愣，大叫："还能玩儿啊！春狗等老娘来收拾你！"

她纵身跳了出去。

我跟韩牛一愣，他大叫："还能玩儿啊！你说咱俩这是为啥啊！"

然后他抱着我纵身跳了出去。

我能隐约听见卡尔在喊："你们姿势不标准……"

我们自云端坠落。迎面的风吹得喘不过气，身体失重，海岸线和天空在视野里翻滚，云气飕飕从身边擦肩而过。整整半分钟的自由落体时间，我们并没有能手抓到手，并没有跟想象中一样可以在空中围个圆。

我感觉自己连哭都顾不上，心跳震动耳膜，只能疯狂地喊："妈妈妈妈妈妈妈妈妈妈妈……"

开伞后，我看到蓝色绿色的地面，下方五朵盛开的彩虹。

我们被这个世界包裹，眼里是最美丽的风景，高高在上，晃晃悠悠飘向落脚地。

出发去毛里求斯的前几天，我去阿梅家。他打开门，我吓了一跳。

他家里依旧保持着两个月前，何木子砸成满地碎片的局面。我说："喂，都两个月了，你居然没收拾？"

他小心地绕开破碗、碎报纸、凌乱的书本、变形的书橱，说："我会收拾的。"

那天喝高了。

他说："这些是被木子打烂的。我每天静静看着它们，似乎就能听见木子哭泣的声音。我可以感觉她最大的悲伤，所以当我坐在沙发上，面对的其实是她碎了一地的心吧。我很痛苦，但我不敢收拾，因为看着它们，我就能体会到她的痛苦。"

他说："她的心碎了，我没有办法。天气不好的时候，我只能把自己心上的裂缝拼命补起来，因为她住在里面，会淋到雨。很多时候，不知道自己要怎样努力，怎样加油，怎样奋不顾身，才配得上她。"

他哭了，低下头，眼泪一颗一颗地滴在地板上："木子说，她很难过，我救救她好不好。张嘉佳，你说我可以做到吗？"

我点点头。

那天我明白了一件事情。最大的勇气，就是守护满地的破碎。

然后它们会重新在半空绽开，如彩虹般绚烂，携带着最美丽的风景，高高在上，晃晃悠悠地飘向落脚地。

不管他们如何对待我们，以我们自己全部都将幸福的名义。

我叫刘大黑

我们常说，要哭，
老子也得滚回家再哭。
因为你看：泪的繁体字，
以前人们这么写，因为泪，
就是一条在家里躲雨的落水狗。

酒吧刚开的时候，被朋友们当作聚会的地方。后来慢慢知道的人多了，陌生人也逐渐走进来。

有一天下午，我翻出电磁炉，架起小锅，喜滋滋地独自在酒吧涮东西吃。五点多，有个女孩迟疑地迈进来，我给她一杯水，继续吃。

女孩说："我能吃吗？"

我警惕地保护住火锅："不能，这是我自己吃的。"

女孩说："那你卖点儿给我。"

我说："你一个人来的？"

女孩说："是的。"

我说："这盘羊肉给你。"

女孩说："但我有男朋友。"

我说："把羊肉还给我。"

女孩说："已经不是男朋友了。"

我说："这盘蘑菇给你。"

女孩说："现在是我老公。"

我说："闭嘴，蘑菇还给我！"

出于原则，火锅太好吃，我无法分享，替她想办法弄了盘意面。她默默吃完，说："你好，听说这个酒吧你是为自己的小狗开的？"

我点点头，说："是的。"

女孩说："那梅茜呢？"

我说："洗澡去啦。"

女孩说："我也有条狗，叫刘大黑。"

我一惊：狗也可以有姓？听起来梅茜可以改名叫张春花。

女孩眼睛里闪起光彩，兴奋地说："是啊，我姓刘嘛，所以给狗狗起名叫刘大黑，它以前是流浪狗。我在城南老小区租房子，离单位比较近，下班可以走回家。一天加班到深夜，小区门口站了条黑乎乎的流浪狗，吓死我了。"

我跟它僵持了一会儿，它低着头卧在冬青树旁边。我小心翼翼地走过去，不敢跑快，怕惊动它。它偷偷摸摸地跟在后头，我猛地想起来包里有火腿肠，剥开来丢给它。

它两口吃完，尾巴摇得跟陀螺一样。我想，当狗冲你摇尾巴的时候，应该不会咬人吧，就放心回家。

它一路跟着，直把我送到楼下。我转身，它停步，摇几下尾巴。我心想，看来它送我到这儿了，于是把剩下的火腿肠也丢给它。

我做房产销售，忙推广计划，加班到很晚。从此每天流浪狗都在小区门口等我，一起走在黑漆漆的小路上，送我到楼下。我平时买点儿吃的，当它陪我走夜路的报酬，丢给它吃。

我尝试打开楼道门，喊它到家里做客，它都是高傲地坐着不动。我进家门，探出窗户冲它挥挥手，它才离开。

有天我发现大黑不在小区门口，我四顾看看，不见它的影子。于是我尝试着喊："大黑！大黑！"

这是我临时乱起的名字，因为我总不能喊："喂，蠢货狗子，在哪儿呢？"

结果草丛里窸窸窣窣，大黑居然低着头，艰难地走出来，一瘸一拐。到离我几步路的地方，默默坐着，侧过头去不看我，还挺高傲的。

我心想，结伴十几次了，应该能对我亲近点儿吧？壮胆上前蹲下，摸摸它的头。

大黑全身一紧，但没有逃开，只是依旧侧着头不看我，任凭我摸它的脑门儿。

我突然眼眶一热，泪水掉下来，因为大黑腿上全是血，估计被人打断了，或者被车轧到。

它瞟我一眼，看见我在哭，于是舔了舔自己的伤腿，奋力站起来，颤颤巍巍地走着。

它居然为我带路，它在坚持送我回家。

到楼下，我把包里的吃的全抖在地上，冲回家翻箱倒柜地找绷带消毒水。等我出去，大黑不见了。我喊："大黑，大黑！"

然后大黑不知道从哪儿跑过来。这是我第一次看见它跑，跑得飞快，一瘸一拐的样子很滑稽。

我想是因为自己喊它的时候带着哭腔吧，它不知道我出了什么急事。

我打开楼道门，它还是不肯跟我回去，坐在路边，眼睛很亮。

我抱着它，擦掉血迹，用绷带仔细缠好。我说："大黑呀，以后你躲起来，姐姐下班带吃的给你，好不好？"

大黑侧着头，偷偷瞟我。

我说："不服气啊，你就叫大黑。大黑！"

它摇摇尾巴。

又过了一个多月，我男朋友买房子了，让我搬过去住。我问能不能带大黑？男朋友讥笑我，养条草狗干吗？我就没坚持。

搬家那天，我给小区保安四百块。我说："师傅替我照顾大黑吧，用完了你就打电话给我，我给你汇钱。"

保安笑着说："好。"

和男朋友坐上搬家公司的卡车，我发现大黑依旧高傲地坐在小区门口，但是很认真地看着我。

我的新家在郊区。之前和男朋友商量，买个小点儿的公寓，一是经济压力小点儿，二是大家上班方便。再说了，如果买郊区那套一百六十平方米的，我们两人工资加起来，去掉房贷每月只剩两千不到。我其实不介意租房子住，何必贷款买房把我们的生活搞得很窘迫。

我男朋友不肯，说一次到位。我没坚持，觉得他也没错，奔着结婚去。

搬到郊区，我上班要公交转地铁再转公交，花掉一个半小时。不过我还是觉得很幸福，直到他说，要把他母亲从安徽老家接过来。我这才知道，他为什么留了个房间一直空着。

不过孝顺永远无法责怪，他父母很久前离婚，妈妈拉扯他长大。我说好啊，我同意。

他妈妈来我家之后，虽然有些小磕碰，但每家每户都避不开这些。他妈妈是退休教师，很节俭，我们中饭不在家吃，她自己经常只买豆芽凑合，可给我们准备的早饭晚饭永远都很丰盛。

几个月后，我加班至后半夜才到家。家里灯火通明，男朋友和他妈妈坐在沙发上，我觉得气氛奇怪。男朋友不吭声，他妈妈笑着说："欣欣，你是不是和一个叫蓝公子的人走得很近？"

我脑子"嗡"一声，这是盘查来了。我说："对，怎么啦？"

他妈妈瞟了我男朋友一眼，继续笑着说："欣欣，我先给你道歉，今天不小心用你电脑，发现你QQ没关，我就好奇，想了解你的生活，翻了翻聊天记录。发现了一些不好的事情，就是你和那个蓝公子，有很多不该说的话。"

我全身血液在往脑门冲。

蓝公子，是我的闺密，是女人。她其实跟我男朋友还认识，属于那种人前冷漠人后疯闹的脾气，QQ资料填的男，ID蓝公子，喜欢跟我"老公老婆"地乱叫。

这他妈的什么事儿。

男朋友一掐烟头，说："刘欣欣，你把事儿说清楚。"

我站在过道，眼泪涌出来。因为，书房里东西被翻得乱七八糟，我所有的资料被丢得满地。卧室里衣柜抽屉全部被拉开，我的衣服扔在床上，甚至还有内衣。

我抹抹眼泪，说："找到什么线索？没找到的话，我想睡觉了，我很累。"

男朋友喊："说不清楚睡什么？你是不是想着分手？"

我咬住嘴唇，提醒自己要坚强，不可以哭，一字一句：

"我没说要分手。"

男朋友冷笑："蓝公子，呸！刘欣欣我告诉你，房产证你的名字还没加上去，分手了你也捞不着好处！"

我忍不住喊："首付是我们两家拼的，贷款是我们一起还的，你凭什么？"

男朋友说："就凭你出轨。"

出轨。这两个字劈得我头昏眼花。我立马随便收拾箱子，冲出门。他妈妈在后面拉我，说："欣欣，到底怎么回事，那么晚别在外面乱跑呀！"

我说："阿姨，您以后要是有儿媳了，别翻人家电脑行吗，那叫隐私。"

男朋友在里头砸杯子，吼着："让她滚！"

我在郊区马路上走了很久，拖着箱子一路走一路哭。闺密开车来接我，聊了通宵。

她说："误会嘛，解释不就完了。"

我说："他不信任我。"

闺密说："你换位思考一下，从表象上来看，的确有被戴绿帽子的嫌疑。"

我说："再回去岂非很丢脸？"

闺密说："不急，我这儿住两天。他们家也有不对的地方，翻聊天记录就是个坏习惯。你别看他们现在牛哄哄的，你两天不出现，彻底消失，他肯定着急。"

我将信将疑，关机睡觉。

混混沌沌地睡了几个小时，打开手机，结果一条未接来电也没有。我觉得天旋地转，心里又难受又生气。

第二天，男朋友有点儿急了，电话一个接一个。问我在哪里，我不肯告诉他。

第三天，他妈妈亲自打电话给我道歉，说翻电脑确实是她的不对，希望能原谅老人家。但是年轻人之间既然都谈婚论嫁了，还是坐一起多沟通比较好。

可我依旧觉得委屈。脑海里不停地浮现出一个场景：半夜自己孤独地走在马路上，一边哭泣一边拖着箱子。

我害怕将来还会重演。

第四天，男朋友打电话，两人沉默，在听筒两头都不说话，就这样搁在耳边半个多小时，他说："那冷静一段时间吧。"我说："好。"

半月后，我本来想上班，结果迷迷糊糊地走到以前租的小区。保安看见我打招呼："刘小姐，好久不见了啊。"

我突然想起来，急切地问他："大黑呢？"

保安笑嘻嘻地说："没事儿，它现在是小区接送员。只要老人小孩回小区，它就负责从小区门口送到家。大家也乐得给它点儿吃的，都挺喜欢它，你看一条狗现在都能勤劳致富了。我刚看到好像吴大妈买菜回来，估计大黑又去送她了。"

听到大黑变成小区明星，所有人都爱它，我心里有点儿失落。跟保安也没啥好聊的，就走了。

没走几步，听见保安喊："大黑！"

我转身看到，大黑"啪嗒啪嗒"地从拐角跑出来，突然一怔，张大嘴呆呆地看着我，眼睛里露出惊喜，我相信它是笑着的呀！因为这是它笑着的表情呀！

我蹲下来，招手："大黑！"

大黑低头"呒哧呒哧"地走近我，第一次用头蹭我的手。

我说："大黑，你还好吗？"

大黑用头蹭蹭我。

我站起来说："大黑，姐姐下次再来看你！"

保安说："大黑，回来，姐姐要走了！"

大黑摇摇尾巴，我走一步，它就跟着走一步，然后走出了小区。我不敢走了，停下来喊："大黑，回去！"

它不肯，贴上来用头蹭我。

我的眼泪差点儿掉下来，说："大黑，现在姐姐也没有家了，你回去好不好？"

保安快步赶上来，拽着大黑往回走，说："大黑从来没走出过小区，这次它是怎么了？"

我不知道该往哪里去，昏头昏脑地走到广场，坐在长椅上发呆。手机响了，一个陌生号码。

接通，是保安："姑娘，我把大黑关在保安室里，它不停地狂叫，疯狂扒门。我拗不过，就打开门，它立刻跟一支箭一样，窜了出去，转眼就看不见了。我估计它想找你。狗一辈子就认一个主人，要是方便，姑娘，你就带着它吧。"

我放下电话，站起来四下张望，喊："大黑！大黑！"

然后广场一个角落，钻出来一条黑狗，很矜持地走到我身边，熟门熟路地趴下来，把头搭在我的脚面上。

我摸摸它的头，眼泪掉在它脑门儿上。

电话又响，是彩信，房产证照片，上面有我的名字。

男朋友打电话，说："欣欣，我们不要折磨对方了。其实第二天我就去申请加名字了，刚办下来。你看我置之死地而后生，你要是还跟我分手，我人财两空。妈妈想搬回安徽，我觉得很对不起她。"

我哭着说："你活该。"

他也哭了："欣欣，你别再理蓝公子了。"

我说："我现在就住蓝公子家里。"

他说："欣欣你别这样，你能回来吗？"

我说："滚，蓝公子是小眉，女的好吗？"

他说："那，欣欣，我们结婚好不好？"

我拼命点头，说："好。你让阿姨别走了。"

他说："嗯。"

然后我又看看大黑，说："必须把大黑接回家。"

男朋友说："你在哪儿，我来接你们。"

　　我告诉他地点，放下电话，觉得天都比以前晴朗，指着大黑说："喂，从此以后，你就叫刘大黑！"

　　刘大黑叫："汪。"

　　刘欣欣一直自顾自地把故事讲完，我送她一瓶樱桃啤酒，问："后来呢？"

　　刘欣欣说："我下个月去安徽办婚礼。"

　　我问："大黑当花童吗？"

　　刘欣欣说："大黑死了。"

　　我一愣，说："啊？"

　　刘欣欣说："大黑到我家一个星期，不吃不喝了。婆婆比我还着急，请几个兽医来看。兽医告诉我们，大黑年纪老了，九岁了，内脏不好，没什么病，就是要死了，不用浪费钱买药。但婆婆还是花了一万多，说必须让大黑舒服点儿。"

　　刘欣欣擦擦眼泪，说："我下班回家，婆婆哭着告诉我，大黑不吃不喝，一点儿力气都没有，我一上班去，它还会努力爬起来，爬到大门口，呆呆地看着门外，一定是在等我回家。"

　　刘欣欣眼泪止不住，说："婆婆每天买菜，做红烧肉，做排骨汤，可是都等我回家了，大黑才会吃一点点。我要摸着它的头，喊，刘大黑，加油！刘大黑，加油！它才吃一点点，很少的一点点。

　　"你知道吗？后来我请了几天假，陪着大黑。它就死在我旁边的，把头搁在我手里，舔了舔我的手心，然后眼睛看着我，好像在说，我要走啦，你别难过。"刘欣欣放下酒瓶，说，"我现在回想，大黑那天为什么追我，为什么在保安室里发疯，为什么跑那么远来找我，是不是它知道自己快死了，所以一定要再陪陪我呢？"

我送她一张卡片，上面写着：我希望和你在一起，如果不可以，那我就在你看不见的地方，永远陪着你。

刘欣欣说："谢谢你，我喜欢梅茜，你要替我告诉它。"

我点点头。

她前脚走，店长后脚冲进来，喊："老板你个蠢货，又送酒，本店越来越接近倒闭了！"

我说："没啊，人家给东西了，你看。"

欣欣送我一张照片，是她的全家福，男孩女孩抱着一条大黑狗，老太太笑得合不拢嘴。

照片背面有行清秀的字迹：一家人。

请带一包葡萄干给我

很久之后我才明白，
原来人生中，
真的有见一面，
就再也看不到了。

1

我喜欢吃葡萄干。碧绿或深紫，通体细白碎纹，一咬又韧又糯，香甜穿梭唇齿间。最好吃的一包，是小学四年级，由亲戚带来的。她是我外公的妹妹，我得称呼她姑姥姥，长相已经记不清楚。

但我记得这包葡萄干的口感，个头儿比之后吃过的都大一些，如果狠狠心奢侈点儿，三四颗丢进嘴里，比一大勺冰西瓜更幸福。

姑姥姥年轻时嫁到乌鲁木齐，自我记事起便没见过。直到她和丈夫拎着许多行李，黄昏出现在小镇，我们全家所有人都在那个破烂的车站等待。小一辈的不知道正守候谁，长一辈的神色激动。姑姥姥一下车，脸上就带着泪水，张着嘴，没有哭泣的声音，直接奔向外公。两位老人紧紧拥抱，这时姑姥姥哭泣的声音才传出来。

我分到一包葡萄干，长辈们欢聚客厅。小镇入夜后路灯很矮，家家户户关上木门，青砖巷子幽暗曲折，温暖的灯光从门缝流淌出来。我咀嚼着葡萄干，坐父母旁边，随大人兴奋的议论声，昏昏睡去。醒来后，父亲抱着我，我抱着葡萄干，披星光回家。

姑姥姥住了几天，大概一星期后离开。她握住外公的手，说："下次见面不知道几时。"

外公嘴唇哆嗦，雪白的胡子颤抖，说："有机会的，下次我们去乌鲁木齐找你们。"

我跳起来喊："我跟外公一起去找姑姥姥！"

大家哄然大笑，说："好好好，我们一起去找姑姥姥！"

现在想想，这些笑声，是因为大家觉得不太可能，才下意识发出来的吧。亲人那么远，远到几乎超越了这座小镇每个人的想象。在想象之外的事情，简单纯朴的小镇人只能笑着说，我们一起去。

2

我长大的小镇，在苏北靠海的地方。一条马路横穿镇子，以小学和市集为中心，扩散出为数不多的街道，然后就衔接起一片片田野。

记得田野的深处有条运河，我不知道它从哪里来，荡着波浪要去哪里。狭窄的小舟，陈旧的渔船，还有不那么大的货轮，似乎漂泊在童话里，甲板和船篷里居住着我深深向往的水上人家。

电线划分天空，麻雀扑棱棱飞过，全世界蓝得很清脆。

每天放学后，要路过老街走回家。老街匍匐着一条细窄的河，沿岸是些带院子的住户。

河堤起头打了口井，井边拴住一个披头散发的疯子，衣服破破烂烂，都看不出颜色，黑墨墨一团。

据高年级混江湖的同学说，疯子几年前把儿子推落井中，清醒后一天到晚看守着井，不肯走开。结果他就越来越疯，镇里怕他闹事伤人，索性将他拴在那边。

我跟高年级混江湖的同学产生友谊，是因为那包全镇最高级的葡萄干。它的袋子上印着"乌鲁木齐"四个字，仿佛如今的手包印着"PRADA"，简直好比零食界飞来之客。每天掏一把给高年级同学，他们就让我追随身后，在校园里横行霸道。

一天，自以为隐隐成为领袖的我，丧心病狂用火柴去点前排女生的马尾辫，明明没烧到，依然被班主任留堂。回家没有人一起走，独自郁郁而行。

走到老街，疯子依旧半躺在井边。

我懒得理他，直接往前走。突然他坐起来，转头冲着我招招手。

我蓦地汗毛倒竖。

他不停招手，然后指指井里面。我忍不住一步步走过去，好奇地想看看。

快走近了，邻居家和我一起长大的胖文冲来，手中举着棉花糖，疯狂地喊："不要过去！"

我没过去，被胖文拽住了。他和我一同回家，气喘吁吁地说，幸亏自己去供销社偷棉花糖，回家比较晚，才救我一条小命。

我说什么情况。

他神秘兮兮地告诉我："老人说，那口是鬼井。往里看，会看到死掉的人。你一看到鬼，他就会脱离这口井，而你替代他，被井困住，直到下一个人来看你。"

我拍拍胸脯，心想，差点儿死在留我堂的班主任手中。

胖文盯着我，说："还有葡萄干吗？"

3

太玄妙了。

我觉得童年一定是要属于农村的。稻田、河流、村庄的炊烟、金灿灿的油菜花。抓知了、摸田螺、偷鸭子，率领三百条草狗在马路上冲锋。疯子、神棍、村长、叫卖的货郎、赶集的大婶、赤脚被拿着刀的老婆追一条街的大叔……

最美丽的是夏天，不比现在的烤箱模式，全人类塞进锡箔纸高温烹饪，大家死去活来，什么乐趣都没有。

那时候的夏天，白昼有运河的风，入夜有飞舞的萤火虫。到黄昏，家里把饭桌搬出来，在门口庭院一边纳凉一边吃饭。

邻居也通通在门外吃饭，可以胡乱走动，你夹我家一口红烧肉，我夹你家一口土豆丝。

吃过饭，大人擦干净桌子，小孩就赤膊爬上去。躺在八仙桌上冰凉冰凉的，仰望夜空，漫天星星感觉会坠落，银光闪闪，看着看着就旋转起来，包裹住自己。

我们离树很近，我们离微风很近，我们离星空很近，我们离世界很近。

作业呢？作业外公帮我做。

后来被妈妈发现，禁止外公出手。我去跟外公谈判，他苦恼地拍着蒲扇，说："我不敢。"

我说："那你要赔偿我。"

外公说："怎么赔偿？"

我说："明天他们要抓我打针，你跟他们搏斗，不要让他们伤害我的肉体。"

外公说："好。"

可惜第二天，五个大人把我按在板凳上，打一针不知道什么防疫的玩意儿。我连哭带骂，都顶不住十只邪恶的大手。

泪眼迷糊中，艰难地发现坐在门口的外公。他立刻扭转头，假装没看见。

打针结束了，我一个月没理他。

外公憋不住，每天诱惑我。鸡屎糖、蜜枣、糖疙瘩等等什么都使尽。我每次都喊："叛徒，叛徒，离开我的视线！"

不久七夕节，外公照例来诱惑我。

我这次原谅了他，因为葡萄干吃光了。

外公塞给我一把瓜子，说，讲牛郎织女的故事给你听。我不屑地说，大爷听过了。

外公说，带你去偷听牛郎织女聊天。

这个相当有趣啊！我赦免了他的罪，眼巴巴等天黑。天一黑，外公吭哧吭哧地搬着躺椅，领我到邻居家的葡萄藤下，把我放在躺椅上，说："声音小点儿，别惊动牛郎织女，十二点前能听到他们谈心事的。看到那颗星了吗，牛郎哦，旁边两颗小一点儿的星星，是他两个小孩，放在扁担挑着的水桶里。"

我说："不是有乌鸦大雁蛤蟆什么的，一起搭桥吗？这帮浑球什么时候搭？"

外公呆呆看着我，说："孙子啊，人家是喜鹊。桥一搭好，牛郎织女就可以见面啦。"

结果我真的等到十二点。中途妈妈几次来揪我，我都喊："你身为人民教师，居然干涉儿童探索大自然，居心何在？"

妈妈呸我一口，继续揪我，我拼命吐口水，击退妈妈。

可是夜深了，也没听到。外公说："可能牛郎织女被吵到了。"

我说："那岂不是要等到明年？"

外公说："没关系，以后我帮你在下面偷听，一有声音就来喊你。"

我沮丧地点头，突然问："外公，姑姥姥还会带葡萄干来看我们吗？"

外公一愣，手里摇着的蒲扇停下来，雪白的胡子上带着星光，说："不会啦。"

我说："为什么？为什么？是葡萄干太贵，姑姥姥买不起了吗？我给她钱，让她从乌鲁木齐替我买！"

外公说："因为太远了。"

我心灰意冷，行尸走肉一般回去睡觉。

然而没有等到第二年七夕，我就看见了姑姥姥。

4

外公去世是在那天凌晨，天没有亮。我被妈妈的哭声惊醒，不知道出了什么事情。

后来葬礼，亲戚好友排成长队，迎送骨灰。没人管小孩，我默默排在队伍的尾巴，默默舔着酸梅粉，还有空和其他小孩笑嘻嘻地打招呼，觉得无聊。

姑姥姥排在队伍的前方，有时候拐弯，我会看见她颤巍巍的身影，忍不住想追上去问问："姑姥姥，我的葡萄干呢？"

长队路过葡萄藤架，我抬头，发现外公没有坐在那里。

他没有坐在下面帮我偷听牛郎织女讲话。

他死了，他不会再坐在葡萄藤下。

他不会再用蒲扇替我抓蜻蜓。他不会再用蹩脚的普通话给我读小人书。他不会再站在三岔路口等我放学。他不会再跟我一起数萤火虫。他不会一大早卸下家里的木门，帮我买早饭。

我呆呆看着葡萄藤，眼泪突然冲出来，放声大哭，哭得比打针更加撕心裂肺。

一周前的大清早，外公躺在床上，我跟着妈妈去看望他。他呼吸又低沉又带着细微的哮喘，像破烂的风箱。

我坐床边，说："外公，我去上学啦。"

外公脸转过来，没有表情，连那么深的皱纹都静止不动。

我大声喊："外公，我去上学啦。"

外公的手靠着棉被，枯枝一般，毫无光泽，布满老年斑，很慢很慢地举起一点点，抓住我的手。

我傻傻看着外公的手，说："外公，你怎么啦？"

外公声音很小，再小一点儿，就跟牛郎织女的情话一样听不见了。

他说："好好上学，外公要走了。"

我说："要不是我妈太凶，我才不要上学。"

他说："外公要走了，看不到你上大学了。"

我大声说："上他妈的大学！"

我回过头，看见站在身后的妈妈，她脸上全是眼泪。

我又把头低下来，看见外公的手抓着我的手，不情愿地说："好吧，上大学就上大学。"

一周后的下午，我跟着长长的队伍，落在最后面，放声大哭。

5

第二天我照常上学，放学。路过河堤的井，疯子已经不见了，谁也不知道他跑哪儿去了。高年级的同学说，他半夜挣脱，可能死在哪个角落了吧。

我慢慢走近那口井，心里扑通扑通乱跳。

我想看一眼井底，会不会看到外公，这样他就能出来了。

我心都要跳出喉咙，艰难地磨蹭在井旁，哆嗦着往下低头。

井口寒气直冒。没到黄昏，阳光不算耀眼，照得井底很清楚。

井水很干净。井水很明亮。我只看到了自己。我只看到了自己小小的脑袋，傻乎乎地倒映在水波里。

都是骗人的。

我趴在井口，眼泪一颗一颗掉到井底，也不知道能否打起一些涟漪。

几天后，我们全家送姑姥姥，送到小镇那个只有一座平房的车站。

姑姥姥这次是一个人来的，只带着一个军用行李袋，贴着红五角星。她放下袋子，用手帕擦眼泪，跟外婆说："妹妹，这次我们就真的可能再也见不上面了。"

外婆双手握住她的一只手，哭得说不出话。

姑姥姥说："妹妹，你让我抱一下。"

姑姥姥和外婆拥抱，两个老人的身影瘦小而单薄，风吹动白发，陈旧干净的衣服迷蒙着阳光，和灰蒙蒙的车站一起留在我记忆里。

姑姥姥打开行李袋，掏出一块布，放进外婆手心，说："妹妹，这是当年哥哥送给我的，玉镯子，是哥哥给我的嫁妆，留在老家吧。人回不来了，大概会死在外边了，把当年嫁妆留在老家，你替我放在哥哥床边的柜子里。"

我站一边，莫名其妙，号啕大哭，喊："为什么回不来？为什么回不来？不是有喜鹊可以搭桥吗？为什么回不来？"

妈妈将我拽到一边，舅舅骑着自行车过来，说："车子来了，已经快到姜北村的路口。"

外婆紧紧握着姑姥姥当年的嫁妆，眼泪在皱纹之间。

姑姥姥替她擦眼泪，说："妹妹，我走了，你保重。咱们这辈子做姐妹，要下辈子才能见面了。"

外婆哭成小孩，还戴着一朵小白花，她哽咽着说："姐姐，你也保重，我一个人了，你再抱我一下。"

我想，外婆年纪那么大，怎么跟小孩子一样的。

很久之后我才明白，从那一天起，我亲爱的外婆，其实真的只剩下一个人。那个时代的亲人，只剩下她孤单单一个人。

很久之后我才明白，原来人生中，真的有见一面，就再也看不到了。

因为我再没有看到过外公，没有看到过姑姥姥。

中考那年，听说姑姥姥在乌鲁木齐去世。

再也看不到他们了。也再没有人带一包葡萄干给我。

6

外公去世二十多年，我很少有机会到那座小镇，那里的夏天，也和以前不同，河水污浊，满街木门全部换成了防盗铁门。

那是我的家乡。

将我童年变成童话的家乡，麦浪舞动和鸽子飞翔的家乡。

有时候深夜梦到外公，可是他的脸已经有些模糊，我心里就会很难过。

我喜欢葡萄藤下的自己，还有边上用蒲扇给我扇风的外公。

外公，我很想你。

末等生

对这个世界绝望是轻而易举的，
对这个世界挚爱是举步维艰的。
末等生慧子，
以男生的方位画一个坐标，
跌跌撞撞杀出一条血路。

2012 年，我在曼谷郊边的巧克力镇，招待高中同学王慧。

这是家迷幻如童话的饭馆，白色房子静谧在草地，夜火灯烛倒映在河流。

王慧留着大波浪，浅妆，笑意盈盈，经过的老外不停地回头看她。

次日我要坐火车到春蓬，而她直飞香港，所以我们没有时间聊太多。也不用聊太多，一杯接一杯，互相看着，乐呵呵地傻笑。

我说："慧子，你不是末等生了，你是一等兵。"

1997 年，王慧坐我前排，格子衬衣齐耳短发。

有天她告诉我，她暗恋一个男生。我问是谁，她说你猜。

文科班一共十八个男生，我连猜十七次都不对。只能是我了！这下我心跳剧烈，虽然她一副村姑模样，可是青春中的表白总叫人心旌摇荡。

这时候她扭捏半天，说，是隔壁班的袁鑫。

香港回归的横幅挂在校园大门。

7 月 1 日举办《祖国我回来了》演讲大赛，我跟王慧都参加。四十多名选手济济一堂，在阶梯教室做战前动员，学生会主席袁鑫进来对我们训话。

他走过王慧身边，皱着眉头说："慧子，要参加演讲比赛，你注意点儿形象。"

慧子一呆，难过地说："我已经很注意了啊。"

她只有那么几件格子衬衣，注意的极限就是洗得很干净。

后来我知道她洗衣服更勤快了，每件都洗到发白。

袁鑫和一个马尾辫女生聊得十分开心，从中国近代史聊起，一直聊到改革开放。最后袁鑫对马尾辫说，加油，你一定拿冠军。

慧子咬着笔杆，恨恨地对我说："你要是赢了她，我替你按摩。"

我大为振奋，要求她签字画押，贴在班级黑板报上。

当天通读中国近代史，一直研究到改革开放，次日精神抖擞奔赴会场，大败马尾辫。

晚自习解散的时候，在全班"胜之不武"的叹息声中，我得意地趴在讲台上，等待按摩。

王慧抿紧嘴唇，开始帮我捏肩膀。

我暴斥："没吃饭？手重点儿！"

王慧怒答："够了吗？会不会捏死你？"

我狂笑："哈哈哈哈毫无知觉啊，难道已经开始了？用力啊少女！"

其实，当时她的手一捏，我如被雷劈，差点儿跳起来，脑子里不停在喊：……疼疼疼……这是被碾压的感觉……疼啊……咔吧一声是怎么回事……我的肩胛骨断了吗……疼死爹了啊……小时候干过农活的女人伤不起……啊第三节脊椎怎么插进我的肝脏了……

我快挺不住的刹那，慧子小声问我："张嘉佳，你说我留马尾辫，袁鑫会觉得我好看吗？"

我不知道，难道一个人好不好看，不是由自己决定的吗？

1998 年，慧子的短发变成了马尾辫。

慧子唯一让我钦佩的地方，是她的毅力。

她的成绩不好，每天试题做得额头冒烟，依旧不见起色。可她是我见过最有坚持精神的女生，能从早到晚刷题海。哪怕一道都没做对，但空白部分填得密密麻麻，用五百个公式推出一个错误的答案，令我叹为观止。

慧子离本科线差几十分。她打电话哭着说，自己要复读，家里不支持。因为承担不起复读的费用，所以她只能选择专科。

我呢？当时世界杯，高考期间我在客厅看球赛，大喊："进啦进啦！"我妈在饭厅打麻将，大喊："胡啦胡啦！"

荷兰队踢飞点球，他们低下头的背影无比落寞。我泪如雨下，冲进饭厅掀翻麻将桌，搅黄老妈的清一色。

后来？后来那什么第二年我又考一次。

1999年5月，大使馆被美国佬炸了。复读的我，旷课奔到南京大学，和正在读大一的老同学游行。慧子也从连云港跑来，没有参加队伍，只是酒局途中出现了一下。

在食堂推杯换盏，她小心地问："袁鑫呢？"

我一愣："对哦，袁鑫也在南大。"

"他怎么没来？"

"可能他没参加游行吧。"

慧子失望地"哦"了一声。我说那你去找他呀，慧子摇摇头："算了。"

我去老同学宿舍借住。至于慧子，据说她是在长途车站坐了一宿，等凌晨早班客车回连云港。

对她来说，或许这只是一个来南京的借口。花掉并不算多的生活费，然而见不到一面，安静地等待天亮。

慧子家境不好，成绩不好，身材不好，逻辑不好，她就是个挑不出优秀品质的女孩。

我一直想，如果这世界是所学校的话，慧子应该被劝退很多次了。生活，爱情，学习，她都是末等生。唯一拥有的，就是在别人看不见的地方咬着牙齿，坚持再坚持，堆砌着自己并不理解的公式。

无论答案是否正确，她也一定要推导出来。

2000 年，大学宿舍都在听《那些花儿》。9 月的迎新晚会，文艺青年弹着吉他，悲伤地歌唱："啦啦啦啦，啦啦啦啦，啦啦啦啦去呀，她们已经被风吹走，散落在天涯……"

我拎着啤酒，在校园晃悠。回到宿舍，接到慧子的电话。她无比兴奋地喊："张嘉佳，我专升本啦，我也到南京了，在南师大！"

末等生慧子，以男生的方位画一个坐标，跌跌撞撞杀出一条血路。

2001 年 10 月 7 日，十强赛中国队在沈阳主场战胜阿曼，提前两轮出线。一切雄性动物都沸腾了，宿舍里的男生怪叫着点燃床单，扔出窗口。

一群男生大呼小叫，冲到六栋女生宿舍楼下。

我在对面七栋二楼，看到他们簇拥的人是袁鑫。

袁鑫对着六栋楼上的阳台，兴奋地喊："霞儿，中国队出线啦！"

一群男人齐声狂吼："出线啦！"

袁鑫喊："请做我的女朋友吧！"

一群男人齐声狂吼："请做他的女朋友吧！"

望着下方那一场幸福，我的脑海浮现出慧子的笑脸，她穿着格子衬衣，马尾辫保持至今，不知道她这时候在哪里。

2002 年底，非典出现，蔓延到 2003 年 3 月。我在电视台打工，被辅导员勒令回校。4 月更加严重，新闻反复辟谣。学校禁止外出，不允许和校外人员有任何接触。

我在宿舍百无聊赖地打《星际争霸》，接到电话，是慧子。

她说："一起吃晚饭吧。"

我说："出不去。"

她说："没关系，我在你们学校。"

我好奇地跟她碰面，她笑嘻嘻地说："实习期在你们学校租了个研究生公寓。"

我说："你们学校怎么放你出来的呢？"

她笑嘻嘻地说："没关系，封锁前我就租好了。辅导员打电话找我，我骗她在外地实习，她让我待着别乱跑。"

去食堂吃饭，我突然说："袁鑫有女朋友了。"

她有些慌乱，不敢看我，乱岔话题。

我保持沉默，她终于抬头，说："我想和他离得近一些，哪怕从来没碰到过，但只要跟他一个校园，我就很开心。"

一个女孩子，男生都不知道她的存在，她却花了一年又一年，拼尽全力想靠近他。无法和他说话，她的一切努力，只是跑到终点，去望一望对面的海岸。

就如同她高中做的数学试卷，写满公式，可是永远不能得分。

上帝来劝末等生退学，末等生执拗地继续答题，没有成绩也无所谓，只是别让我离开教室。

看着她红着脸，慌张地扒拉着米粒，我的眼泪差点儿掉进饭碗。

2004 年，慧子跑到酒吧，电视正直播着首届《超级女声》的决赛。
我们喝得酩酊大醉，慧子举起杯子，对着窗外喊："祝你幸福！"
那天，袁鑫结婚。
我看着她笑盈盈的脸映在窗玻璃上，心想，末等生终于被开除了。

2005 年，慧子跑到酒吧，趴在桌上哭泣，大家不明所以。
她擦擦眼泪："他一定很难过。"
传闻，袁鑫离婚了。
那天后，没见过慧子。打电话给她，她说自己辞职了，在四川找事儿干。

2006 年，一群人走进酒吧。看见当头的两个人，管春手里的杯子"哐当"掉在地上。朋友们目瞪口呆，慧子不好意思地说："介绍一下，我男朋友袁鑫，我们刚从四川回南京。"

我的头"嗡"的一声，没说的，估计袁鑫离婚后去四川，然后对他消息灵通的慧子，也跟着去了四川。

坐下来攀谈，果然，袁鑫去年跟着亲戚，在成都投资了一家连锁火锅店，现在他打算开到南京来。

袁鑫跟搞金融的同伴聊天，说的我们听不太懂，唯一能听懂的是钱的数目。同伴对袁鑫摆摆手，说："入五百万，用一个杠杆，一比六，然后再用一个杠杆，也是一比六，差不多两个亿出来。"

袁鑫点点头说："差不多两个亿。"

管春震惊地说："两……两个亿？"

我震惊地说："两……两个亿？"

韩牛震惊地说："比我的精子还多？"

慧子也听不懂，只是殷勤地倒酒，给袁鑫每个朋友倒酒。她聚精会神，只要看到酒杯浅了一点儿，就立刻满上。

他们虽然聊的是两个亿，结账的时候几个男人假装没看见，慧子抢着把单买了。

2007 年。慧子和袁鑫去领结婚证。到了民政局办手续，工作人员要身份证和户口本。

慧子一愣："户口本？"

工作人员斜她一眼。袁鑫说："我回去拿。"

袁鑫走了后，慧子在大厅等。

她从早上九点等到下午五点。民政局中午休息的时候，有个好心的工作人员给她倒了杯水。

慧子想，袁鑫结过一次婚，他怎么会不知道要带户口本呢？

所以，袁鑫一定是知道的。

也许这是一次最后的拖延。很多人都喜欢这样，拖延到无法拖延才离开，留下无法收拾的烂摊子，只要自己不流泪，就不管别人会流多少泪。

慧子站不起来，全身抖个不停。她打电话给我，还没说完，我和管春立刻打车冲了过去。

慧子回家后，看到袁鑫的东西都已经搬走，桌上放着存折，袁鑫给她留下十万块。还有一张字条：其实我们不合适，保重。

大家相对沉默无语，慧子缓缓站起身，一言不发就往外走。

慧子伸出手，管春把车钥匙放她手心。她开着车，我们紧跟在后，开向一家火锅店。

火锅店生意很好，门外板凳坐着等位的人。

店里热闹万分，服务员东奔西跑，男女老少涮得面红耳赤。慧子大声喊："袁鑫！"她的声音立刻被淹没在喧哗里。

慧子随手拿起一杯啤酒，重重砸碎在地上。然后又拿起一杯，再次重重砸碎在地上。

全场安静下来。

慧子看见了袁鑫，她笔直地走到他面前，说："连再见也不说？"

袁鑫有点儿惊慌，环顾满堂安静的客人，说："我们不合适的。"

慧子定定看着他，说："我只想告诉你，我们不是2005年在成都偶然碰到的。我从1997年开始喜欢你，一直到今天下午五点，我都爱你，比全世界其他人加起来更加爱你。"

她认真地看着袁鑫，说："我很喜欢这一年，是我最幸福的一年，可你并不喜欢我，希望这一年对你没有太多的困扰。不能做你的太太，真可惜。那，再见。"

袁鑫呆呆地说："再见。"

慧子低头，看着自己的脚尖，说："再见。"

慧子把自己关在租的小小公寓里，过了生命中最孤单的圣诞节，最孤单的元旦。我们努力去陪伴她，但她永远不会开门。

新年遇到罕见暴雪，春运陷入停滞。我打电话给慧子，她依旧关机。

2008 年就此到来。

隔了整整大半年，4 月 1 日愚人节，朋友们全部接到慧子的电话，要到她那儿聚会。

大家蜂拥而至，冲进慧子租的小公寓。

她的脸浮肿，肚子巨大，一群人大惊失色，面面相觑。

毛毛激动地喊："慧子你怀孕啦，要生宝宝啦，孩儿他爸呢？"

毛毛突然发现我们脸色铁青，她眨巴眨巴眼睛，"哇"的一声号啕大哭，抓住慧子的手，喊："为什么会这样？"

慧子摸摸毛毛的脑袋："分手的时候就已经三个月了。站着干吗，坐沙发。"

我们挤在沙发上，慧子清清嗓门说："下个月孩子就要生了，用的东西你们都给点儿主意。"

她指挥管春打开一个大塑料袋，里边全是纸尿裤，皱着眉头说："到底哪种适合宝宝的皮肤呢？这样，你们每人穿一种，有不舒服的坚决不能用。"

我捧着一包，颤抖着问："那我们要穿多久？"

慧子一愣，拍拍我手上的纸尿裤，我低头一看，包装袋上写着：美好新生一百天。

我差点儿哭出来："要穿一百天？"

慧子说："呸，宝宝穿一百天！你们穿一天，明天交份报告给我，详细说说皮肤的感受，最好不少于一百字。"

我们聊了很久，慧子有条不紊地安排着需要我们帮忙的事情，我们忙不迭地点头。

可是，毛毛一直在哭。

慧子微笑："不敢见你们，因为我要坚持生下来。"

我说："生不生是你自己的事情。养不养是我们的事情。"

慧子摇头："养也是我自己的事情。"

离开的时候，毛毛走到门口回头，看着安静站立的慧子，抽泣着说："慧子，你怎么过来的？慧子你告诉我，你怎么过来的？"

管春快步离开，冲进地下车库，猛地立住，狂喊一声："袁鑫我 × 你大爷！"

他的喊声回荡在车库，我的眼泪也冲出眼眶。

第二天。

管春交的：好爽好爽（好爽重复五十次）。

我交的：好爽，就是上厕所不小心撕破，卡住拉链。第二次上厕所，拉链拉不开，我喝多了就尿在裤子里了。幸好穿了纸尿裤。唉，特别悲伤的一次因果。

韩牛交的：那薄弱的纸张，触摸我粗糙的肌肤，柔滑如同空气。我抚摸过无数的女人，第一次被纸尿裤抚摸，心灵每分钟都在战栗，感受到新生，感受到美好，感受到屁股的灵魂。

慧子顺产，一大群朋友坐立不安地守候。看到小朋友的时候，所有人都哭得不能自已，只有精疲力竭的慧子依然微笑着。

毛毛陪着慧子坐月子。每次我们带着东西去她家，总能看到两个女人对着小宝宝傻笑，韩牛熟练地给宝宝换纸尿裤。

嗯，对，是韩牛，不是我们不积极，而是他不允许我们分享这快乐。

2009 年，韩牛群发短信：谁能找到买学区房的门路？

我回：不结婚先买房，写谁的名字？

韩牛：鄙视你，大老爷们儿结不结婚都要写女人的名字。

2012 年的巧克力镇，高中同学王慧坐在我对面。东南亚的天气热烈而自由，黄昏像燃着金色的比萨。

慧子不是短发，不是马尾辫，是大波浪。

王慧给我看一段韩牛刚发来的视频。

韩牛和一个五岁的小朋友，对着镜头在吵架。

韩牛说："儿子，我好穷啊。"

小朋友说："穷会死吗？"

韩牛说："会啊，穷死的，我连遗产都没有，只留下半本小说。"

小朋友说："那我帮你写。"

韩牛说："不行，这本小说叫《躲债》，你不会写。"

小朋友"哇"地哭了，一边哭一边说："爸爸不要怕，我帮你写《还债》……"

王慧乐不可支。

记忆里的她，曾经问："我留马尾辫，会好看吗？"

现在她卷着大波浪，曼谷近郊的黄昏做她的背景，深蓝跟随一片灿烂，像燃着花火的油脂，浸在温暖的水面。

对这个世界绝望是轻而易举的，对这个世界挚爱是举步维艰的。

你要学会前进，人群川流不息，在身边像晃动的电影胶片，你怀揣自己的颜色，往一心要到的地方。

回头可以看见放风筝的小孩子，他们有的在广场奔跑欢呼，有的在角落暗自神伤，越是遥远身影越是暗淡，他们要想的已经跟你不一样了。

收音机放的歌曲已经换了一首。

听完这首歌，你换了街道，你换了夜晚，你换了城市，你换了路标。你跌跌撞撞，做挚爱这个世界的人。

马尾辫还是大波浪，好不好看，不是由自己决定的吗？

对的，所以，慧子，你不是末等生，你是一等兵。

三朵金花列传

在酒吧里，我问：
"为什么你在笔记本上，
写着亭亭如盖？"
她没有说话。

三朵金花的前半辈子，号称阳关三叠。

她的笔记本里，扉页写着一句话。

"今已亭亭如盖。"

有一次她打电话给某男："分，还是不分？"

在电话里哭得屁滚尿流。

直到一天，她说："我解脱了。我再也不会在电话里掉一滴眼泪。"

我问："为什么？"

她说："当男人不爱你的时候，你哭泣是错，微笑是错，平静是错，吵闹是错，活着呼吸是错，连死在当地都是错。而无论我哭泣、微笑、平静、吵闹、活着、死去，妈妈都是爱我的。"

我说："你以后还和男人讨论分手的问题吗？"

她说："分分分，还不如梳个中分。"

这是第一个转折。阳关第一叠。

结果没多久，她继续轰轰烈烈。

这次的男人仿佛人妖，狗日的没事涂香水，戴领结。

在他们故事的末尾，娘炮送三朵金花一句古诗：还君明珠双泪垂，恨不相逢未嫁时。

还你大爷，恨你妹夫，又不是女人，嫁你四表舅。

但是三朵金花嘴巴里面这么说，依旧躲在房间里哭。

就算过了一段时间，她也会在倒水的时候，突然想起什么，然后一阵心痛，痛得水杯倒在地上，水泼在地上，然后蹲在房间里哭。

她会在看电视的时候，哪怕是看喧嚣胡闹的喜剧的时候，眼泪突然汹涌而出，用被子蒙住头，痛得缩成虾米。活不下去了，她想，既然回不去了，那我就活不下去了。

她会失眠，然后端着咖啡，坐在阳台上，安静地等待天亮。

她在 QQ 的资料里，用了三流作家张嘉佳的文字做签名档。

多么多么爱你。

多么多么爱你。

多么多么爱你。

多么多么爱你。

既然我们相爱，就一定要在一起。

什么都可以放弃，一定却一定不能放弃。

主人一旦变成行尸走肉，房间就跟着失魂落魄。

她的房间成了垃圾场。

衣服和食物堆在一起，客人只剩下蚂蚁。

她的妈妈过来探望，于是帮她打扫。

妈妈住在乡下，下午就没有班车回去。而三朵金花住的地方，离车站还有很长的车程。

于是妈妈只能早上就去赶车。

妈妈走的时候，三朵金花刚加完班，躺在床上昏睡，没有一丝力气送妈妈。

妈妈说："不要送啦，我认识路的。"

三朵金花喊："妈妈那我睡了！"

妈妈说："你赶紧睡吧！"

三朵金花没有听到妈妈关门的声音，却听到妈妈的哭声。

三朵金花立刻翻身坐起，喊："妈妈你怎么了？"

妈妈一边关门一边说："没什么没什么！赶紧睡吧！"

可是妈妈明明哭了，三朵金花拖鞋都来不及穿，穿着睡衣赤脚往门口冲，喊："妈妈，妈妈，怎么啦怎么啦？"

门已经关上了，有妈妈下楼梯的声音，有妈妈抽泣的声音，妈妈说："你老是这么晚回家，你这样怎么让我放心啊……你老是不会照顾自己，你这样怎么让我放心啊……"

妈妈说的每一个字都能听见眼泪。

三朵金花没开门，但她扶着门，眼泪一颗一颗滚下来。

有一阵子，她在家里喝多了。

我们几个同事陪着。

她喝多了，开始发酒疯。

我们尝试扶她去睡觉。

但她突然哭着喊，我们一听，就没有再去扶她。

因为我们也哭了。

她趴在桌子上，醉醺醺的，低声说：

"妈妈，你为什么会变老的呢？妈妈，你为什么会变老的呢？"

"我想要回头啊，我想要到过去啊，那时你是一个老师，一个普通的初中老师，我小小的，被强壮的男孩子欺负，和小小的女孩子吵架，被严厉的老师责骂，我不想从头来过，我不想又开始不停地毕业，可是，我又想回头啊，因为，妈妈你老了，你让我只到你的膝盖吧，你让我被骂了可以离家出走吧，你让我可以去采摘那些桑葚吧，你让我去学骑那高高的自行车吧，你让我罚站吧，妈妈，只要你不要老啊……"

接着三朵金花挣扎着往地上躺。

我们赶紧去扶她。

可是她又哭着喊。我们一听，就没有再去扶她。

因为我们也哭了。

她跪在地上，哭着说：

"妈妈，我爱你。

"妈妈，你为什么会老的呢？妈妈，我爱你。

"妈妈，你为什么会老的呢？

"妈妈，让我向你磕头，第一个，是为生育之恩；第二个，是为抚养之恩；第三个，是为你渐生渐多的白发。

"让我一直磕下去。

"妈妈，我是快乐的小女孩，你就年轻了，我是唱歌的小孩子，你就年轻了，可是我长大了，你也老了。"

后来大家大醉，大哭，从此三朵金花不接近陌生男人一个月。

这是第二个转折。阳关第二叠。

最后的转折，是终点。

她又分手了。

分手后脾气暴躁，连经理和同事看到她都绕道而行。

据说女人暴躁是因为内分泌失调。

她的QQ资料里，继续用了三流作家张嘉佳的文字做最新签名档：

骄傲败给时间，知识败给实践，快乐败给想念，决定败给留恋，身体败给失眠，缠绵败给流年。

这天，暴躁的三朵金花在开会，接了个电话，立刻膝盖撞在凳子上，头碰在门框上，跌跌撞撞地去找电梯。

会议室和电梯只相隔十几米。

她还没走到电梯，眼泪已经落地。

没有夜班车。

她打车回到老家。

妈妈说："别加班了，身子吃不消。"三朵金花一边哭一边点头。

妈妈说："房间记得打扫，妈妈不放心，深更半夜往外面跑什么，还穿这么少……"

妈妈说这句话的时候，抓着三朵金花的手，说完的时候，就松开了手。

这句话是妈妈留给三朵金花的最后一句话。

树欲静而风不止。

三朵金花以前因为失恋，最多旷工一个星期。

但这次，过了整整一个月，才回到公司。

经理一分工资都没有扣她。

三朵金花回来工作的一个月，每天打字的时候，眼泪就会流下来。

所以她打不了字。

每天喝水的时候，眼泪就会流下来。

所以她吃不下饭。

每天开会的时候，眼泪就会流下来。

所以她没有业绩。

但是经理一分工资都没有扣她。

妈妈说：你老是不会照顾自己，你这样怎么让我放心啊⋯⋯

妈妈说：房间记得打扫，妈妈不放心，深更半夜往外面跑什么，还穿这么少⋯⋯

她在终于恢复了神志之后，就变成了三朵金花。

原本笑不露齿，现在喜欢尖叫，小舌头直接撞击牙床。

原本走不带风，现在热爱狂奔，高跟鞋无意踢翻板凳。

在酒吧里，我问："为什么你在笔记本上，写着亭亭如盖？"

她没有说话。

我突然想起来了，亭亭如盖，应该出自归有光的《项脊轩志》。

"庭有枇杷树，吾妻死之年所手植也，今已亭亭如盖矣。"

三朵金花喜欢吃桃子。

妈妈去世前在庭院里种了一棵桃树，还没有开花结果，就去世了。

这棵桃树，今已亭亭如盖。

第七夜

The seventh night

怀念　我青春里没有
　　　　返程的旅行

从你的

全世界路过

骆驼的姑娘

他是带着思念去的，
一个人的旅途，两个人的温度，
无论到哪里，都是在等她。
那么，
也许并不需要其他人打扰。

做菜跟写字一样。写字讲究语感，做菜讲究手感。手一抖，整坨盐掉到锅里，结果狗都咽不下去。有人用闹钟也掌握不了火候，而有人单凭感觉，就能刚刚好。一切技能最后都靠天赋，勤学苦练只能变成机器人，跟麦当劳的流水线差不多。

有个姑娘，是黑暗料理界的霸主。她做的菜，千篇一律焦黑焦黑的，不可思议的是里面依旧是生的，有时候还带着冰碴儿。

我家小狗吃她做的排骨，兴高采烈地摇着尾巴，"咔嚓"一口，狗脸一变，好端端一条金毛当场脸绿了，它小心翼翼地吐出来，"嗷嗷"叫着，躲到墙角哭到大半夜。

我见识过她最厉害的一道菜：清蒸鲈鱼，只花半小时，鲈鱼在蒸笼上被她腌成了咸鱼。

姑娘工作忙碌，在一家外企上班。尽管如此，每个月总找机会大宴宾朋，摆席当天，她家厨房就是个爆炸现场，我们都喊她居里夫人。

她无所谓，眼巴巴地望着你，你在她水汪汪的注视中，艰难地去挑个卖相比较正常的。咸鸭蛋甜得像蜜，水饺又厚又圆跟月饼似的，好不容易决定尝尝炒木耳，结果是盘烧煳的鱼香肉丝。

我的一个朋友骆驼非常喜欢她，连蹦带跳地去她家做客，每次必参加。

他能坚持吃完所有的菜。各种奇怪的食材在他嘴里，一会儿嘎巴嘎巴，一会儿"噗噗"冒泡，因为烧得太抽象，经常肉跟骨头分不清，他就一律用力嚼，嚼，嚼，嚼，咕咚咽下去。

后来两人结婚了。

我问骆驼："你这么吃不怕出人命？"

骆驼说："她一个月才做一次，我就当自己痛经了。"

去年姑娘查出来肝癌晚期，春节后去世。

城市不时传来鞭炮声，连夜晚都是欢天喜地。我放心不下骆驼，去他家拜年。家里只有他一个人，坐在书房的电脑前，开着文档，我凑前一看，是份菜谱。

我说："你要出本菜谱？"

272

骆驼让我坐会儿，他去做蛋炒饭。

我站在旁边，有一句没一句地跟他聊天。

他将米饭倒进油锅，然后洒了半袋盐，炒了会儿，自己吃了一勺。

他咂摸咂摸，说："真够咸的，但是还缺点儿苦味。"

我突然沉默了，突然知道他为什么在写菜谱，他想将姑娘留下来，人没有留住，至少能留住那味道。

骆驼又吃了一口，用手背擦擦眼睛。

他哭了。手背擦来擦去，眼泪还是挂到了嘴角。

他说："我挺幸运，找了个做菜独一无二的太太，她离开我后，能留给我复习的味道真多。"

他说："还缺点儿苦味。你说，那个苦味是炒焦炒出来的，还是有什么奇怪的作料？"

他说："你看电视吧，我继续去写菜谱。"

我说："要不我们去喝杯茶？"

他说："不了，我怕时间一久，会将她的做法忘记，我得赶紧写。"

我的眼泪差点儿涌出眼眶。

后来我劝他，老在家容易难过，出去走走吧。他点点头，开始筹备去土耳其的旅行。然后一去许久，我曾经想打电话给他，但是打开通讯录，就放下了手机。

他是带着思念去的，一个人的旅途，两个人的温度，无论到哪里，都是在等她。那么，也许并不需要其他人打扰。

　　昨天下午我跟梅茜在自己的小店睡觉，一人一狗睡得浑然忘我，醒来已是黄昏。

　　骆驼推开木门，走了进来。我很惊奇："你是怎么找到这儿的？"他说："人人都知道你在这里。"

　　我磨了杯咖啡给他，得意地说："我不会拉花，所以我的招牌咖啡，叫作无花。"

　　骆驼喝了两杯，我说："再喝就睡不着了。"他说："睡不着就明天再睡。"

　　聊了许久。

　　骆驼真的去了土耳其，因为姑娘向往伊斯坦布尔，最大的愿望就是学会做那里的食物。他想尝一尝，这样能在梦里告诉她。

　　骆驼说："只有你没打电话给我。大家都劝我，别想多，会走不出来，这样太辛苦。可是，走不出来有什么关系，我喜欢这样，我过得很好，很开心，我只是改变了自己的生活方式。而且我的菜谱快写完了，现在发现，她会做的菜可真多。"

　　骆驼喝了好多酒，醉醺醺地看着台灯，说："我有天看到你的一段话，觉得这就是现在的人生，我很满足。这个世界美好无比，全部是她不经意写的一字一句，留我年复一年朗读。"

　　他站到书柜边，摇摇晃晃找了半天，把我的书挑出来，撕了扉页，写了歪七扭八的一行字，贴在小店的墙上。

　　他走了后，我翻了翻自己的微博，终于找到了这段：

　　我觉得这个世界美好无比。晴时满树花开，雨天一湖涟漪，阳光席卷城市，微风穿越指间，入夜每个电台播放的情歌，沿途每条山路铺开的影子，全部是你不经意写的一字一句，留我年复一年朗读。这世界是你的遗嘱，而我是你唯一的遗物。

青春里没有返程的旅行

我们喜欢说，我喜欢你，
好像我一定会喜欢你一样，
好像我出生后就为了等你一样，
好像我无论牵挂谁，
思念都将坠落在你身边一样。

总有一秒你希望永远停滞，
哪怕之后的一生就此消除。
从此你们定格成一张相片，
两场生命组合成相框，漂浮在蓝色的海洋里。

纪念青春里的乘客，和没有返程的旅行。

4月28日又离得很近。这天，有列火车带着座位和座位上的乘客，一起开进记忆深处。

对惦记着乘客的人来说，4月28日是个特殊的日子。

一年三百六十五天，你在时光河流上漂流，把每个日子刻在舢板上，已经记不清楚那些刀痕为什么如此深，深到一切波浪都无法抹平。

青春就是匆匆披挂上阵，末了战死沙场。你为谁冲锋陷阵，谁为你捡拾骸骨，剩下依旧在河流中漂泊的刀痕，沉寂在水面之下，只有自己看得见。

2003 年，临近冬天，男生半夜接到一个电话，打车赶到鼓楼附近的一家酒吧。

酒吧的木门陈旧，屋檐下挂着风铃，旁边墙壁的海报上边，还残留着半张非典警告。刚毕业的男生轻轻推开门，门的罅隙里立刻就涌出歌声。

那年满世界在放周杰伦的《叶惠美》，这里却回荡着九年前王菲的《棋子》。男生循着桌位往里走，歌曲换成了陈升的《风筝》。

　　因为我知道你是个容易担心的小孩子，所以我在飞翔的时候，却也不敢飞得太远。

男生来到酒吧，师姐一杯酒也没喝，定定地看着他，说："我可以提一个问题吗？"

回想起来，这一段如同繁华世界里最悠长的一幅画卷。

我们喜欢说，我喜欢你。

古老的太阳，年轻的脸庞，明亮的笑容，动人的歌曲，火车的窗外有胶片般的风景。

你站在草丛里，站在花旁，站在缀满露珠的树下，站在我正漂泊的甲板上。等到小船开过码头，我可以回头看见，自己和你一直在远处守着水平面。

我们喜欢说，我喜欢你，好像我一定会喜欢你一样，好像我出生后就为了等你一样，好像我无论牵挂谁，思念都将坠落在你身边一样。

而在人生中，因为我一定会喜欢你，所以真的有些道路是要跪着走完的，就为了坚持说，我喜欢你。

师姐离开后，男生在酒吧泡了半年，每天酩酊大醉。

许巍日夜歌唱，他说有完美生活，他说莲花要盛开，他说从这里开始旅行。男生电脑桌前搁着几罐啤酒，网页突然跳出一条留言，是个不认识的女孩子，说，看你的帖子，心情不好？男生回了条，关你什么事。女孩说，我心情也不好，你有时间听我说说话吗？男生回了条，没时间。

真的没时间，男生在等待开始。

我们在年少时不明白，有些乐章一旦开始，唱的就是曲终人散。

半年后男生辞职，收拾了简单行李，和师姐直奔北京。他们在郊区租了个公寓，房间里东西越来越多，合影越来越多，对话越来越多。如果房间也有灵魂，它应该艰难而喜悦，每日不知所措，却希望满满。

接着房间里东西日益减少，照片不知所终，电视机反复从广告放到新闻放到连续剧放到晚安，从晚安后的空白无声孤独整夜，到凌晨突然闪烁，出现健身节目。

这里从此是一个人的房间。

2004年北京大雪。男生在医院门口拿着自己的病历，拒绝了手术的建议，面无表情，徒步走了二十几公里。雪花慌乱地逃窜，每个人打着伞，脚步匆忙，车子迟缓前行，全世界冷得像一片恶毒的冰刀。

男生坐在十几楼的窗台，雪停后的第三天。电话一直响，没人接，响到自动关机。下午公寓的门被人不停地敲，过了半小时，有人撬开了锁。

发呆的男生转过头，是从里昂飞到北京的哥们儿。他紧急赶来，打电话无人接听，辗转找到公寓。哥们儿一边擦着眼泪，一边举起拳头，想狠狠揍男生一顿。

但他看见一张苍白无比的面孔，拳头落不下去，变成一个拥抱。他哽咽着对男生说："好好的啊浑蛋！"

好好的啊浑蛋。

我们身边没有战争，没有瘟疫，没有武器，没有硝烟和末日，却总有些时候会对着自己喊，对着重要的人喊，要活着啊浑蛋，要活得好好的啊浑蛋。

2005 年，男生换了诸多城市，从广州到长沙，从成都到上海，最后回到了南京。

他翻了翻以前在网上的 ID，看见数不清的留言。密密麻麻的问候之中，读到一条留言内复制的新闻，呼吸也屏住了。

南师大一女生抑郁自杀。他忽然觉得名字在记忆里莫名熟悉。

两个名字叠在一起，两个时间叠在一起。

在很久以前，有个女孩在网上留言说，看你的帖子，心情不好？男生回了条，关你什么事。女孩说，我心情也不好，你有时间听我说说话吗？男生回了条，没时间。

对话三天后，就是女孩自杀新闻发布的时间。

到现在男生都认为，如果自己当时能和女生聊聊，说不定她就不会跳下去。

这是生命之外的相遇，线条并未相交，滑向各自的深渊，男生只能在记忆中参加一场素不相识的葬礼。

男生写了许多给师姐的信，一直写到 2007 年。

读者不知道信上的文字写给谁，每个人都有故事，他们用作者的文字，当作工具想念自己。

2007 年，喜欢阅读男生文字的多艳，快递给他一条玛瑙手链。

2008 年，多艳说，我坐火车去外地，之后就到南京来看看你。

2008 年 4 月底，手链搁在洗手台，突然绳子断了，珠子洒了一地。

5 月 1 日 17 点 30 分，化妆师推开门，傻乎乎地看着男生，一脸惊悚："你去不去天涯杂谈？"

男生莫名其妙："不去。"

化妆师："那你认不认识那里的版副？"

男生摇头："不认识。"

化妆师："奇怪了，那个版副在失事的火车上，不在了。版友去她的博客悼念，我在她的博客里看到你照片，深更半夜，吓死我了。"

男生手脚冰凉："那你记得她叫什么名字吗？"

化妆师："好像叫多艳什么的。"

男生坐下来，站起来，坐下来，站起来，终于明白自己想干吗，想打电话。

男生背对着来来去去的人，攥紧手机，头皮发麻，拼命翻电话本。

从 A 翻到 Z。

可是要打给谁？

一个号码都没拨，只是把手机放在耳朵边上，然后安静地等待有人说喂。

没人说喂。

那就等着。

把手机放下来，发现走过去的人都很高大。

怎么会坐在走廊里。

拍档问："是你的朋友吗？"

男生说："嗯。"

拍档说："哎呀哎呀连我的心情都不好了。"

男生说："太可怕，人生无常。"

拍档问："那会影响你台上的状态吗？"

男生说："我没事。"

接着男生继续翻手机。拍档和化妆师继续聊着人生无常。

5 月 1 日 18 点 30 分，直播开机。

拍档说："欢迎来到我们节目现场，今天呢，来了三位男嘉宾三位女嘉宾，他们初次见面，也许会在我们现场擦出爱的火花，到达幸福的彼岸。"

男生脑中一片空白，恍恍惚惚可以听到她在说话，那自己也得说，不能让她一个人说。

男生听不见自己在说什么。

男生侧着脸，从拍档的口型大概可以辨认，因为每天流程差不多，所以知道她在说什么。

拍档说："那让我们进入下一个环节，爱情问一问。"

男生跟着她一起喊，觉得流程熟悉，对的呀，我每天都喊一遍，可是接下来我该干什么？

男生不知道，就拼命说话。

但是看不到自己的口型，所以男生不知道自己在说什么。

男嘉宾和女嘉宾手牵着手，笑容绽放。

男生闭上了嘴巴，他记得然后就是 ending（结尾），直播结束了。

5月1日19点30分，男生启动车子，北京的朋友要来，得去约定的地方见面，请客吃饭。

开车去新街口。

车刚开到单位铁门，就停住了。

男生的腿在抖，脚在发软，踩不了油门，踩不下去了啊，他妈的。

为什么踩不下去啊，他妈的，也喊不出来，然后眼泪就哗啦啦掉下来了。

油门踩不下去了。男生趴在方向盘上，眼泪哗啦啦地掉。

5月1日19点50分，男生明白自己为什么在直播的时候，一直不停地说话不停地说话，因为眼泪一直在眼眶里打转。

不说话，泪水就会涌出眼眶。

5月2日1点0分，朋友走了。男生打开第二包烟，点着一根，一口没吸，架在烟灰缸的边沿。

它搁在那里，慢慢烧成灰，烧成长长一段。

长长的烟灰折断，坠落下来，好像一定会坠落到你身边的思念一样。

烟灰落在桌面的时候，男生的眼泪也正好落在桌上。

多艳说要到南京来看他。也许这列火车就是行程的一部分。

车厢带着多艳一起偏离轨道。

一旦偏离，你看得见我，我看不见你。

如果还有明天，要怎么说再见。

男生最讨厌汽笛的声音，因为预示着离别。

多艳还没有到达南京，他就哭成了泪人。

连听一声汽笛的资格都没有。

书本刚翻到扉页，作者就说声再见。

多艳郑重地提醒，这手链是要用矿泉水泡过，才能戴的。戴左手和戴右手讲究不同。但还没来得及泡一下，它就已经散了。

如果还有明天，要怎样装扮你的脸。

新娘还没有上妆，眼泪就打湿衣衫。

据说多艳的博客里有男生的照片。

男生打开的时候，已经是 5 月 4 日 1 点。

到这个时候，才有勇气重新上网。才有勇气到那个叫作天涯杂谈的地方。才有勇气看到一页一页的悼念帖子。然后，跟着帖子，男生进了多艳的博客。

在小小的相册里，有景色翻过一页一页。

景色翻转，男生看到了自己。

那个穿着白衣服的自己。欠着多艳小说结尾的自己。弄散多艳手链的自己。

那个自己就站在多艳博客的一角。

而另一个自己在博客外，泪流满面。

台阶边的小小的花被人踩灭，无论它开放得有多微弱，它都准备了一个冬天。青草弯着腰歌唱。云彩和时间都流淌得一去不复返。

阳光从叶子的怀抱里穿梭，影子斑驳，岁月晶莹，脸庞是微笑的故乡，赤足踏着打卷的风儿。女子一抬手，划开薄雾飘荡，有芦苇低头牵住汩汩的河流。

山是青的，水是碧的，人没有老去就看不见了。

居然是真的。

2009 年搬家，男生翻到一份泛黄的病历。或者上面还有穿越千万片雪花的痕迹。

2010 年搬家，男生翻到一盒卡带。十年前，有人用钢笔穿进卡带，一圈圈旋转，把被拉扯到外边的磁条，重新卷回卡带。

那年，从此开启三十岁生涯。

2011 年，回到 2003 年冬天的酒吧。那儿依旧在放着王菲和陈升。

听着歌，可以望见影影绰绰中，小船漂到远方。

2012 年 5 月。我坐在小桥流水街边，满镇的灯笼。水面荡漾，泛起一轮轮红色的暗淡。

我走上桥，突然觉得面前有一扇门。

一扇远在南京的门。

我推开门，一扇陈旧的木门，屋檐下挂着风铃。旁边墙壁的海报上边，还残留着半张非典警告。刚毕业的男生轻轻推开门，门的罅隙里立刻就涌出歌声。

那年满世界在放周杰伦的《叶惠美》，这里却回荡九年前王菲的《棋子》。男生循着桌位往里走，歌曲换成了陈升的《风筝》。

因为我知道你是个容易担心的小孩子，所以我在飞翔的时候，却也不敢飞得太远。

有张桌子，一边坐着男生，一边坐着女生。

女生说："我可以提一个问题吗？"

我站在女生背后，看见笑嘻嘻的男生擦擦额头的雨水，在问："怎么这么急？"

女生低头说："我喜欢一个人，该不该说？"

男生愣了一下，笑嘻嘻地说："只要不是我，就可以说。"

女生抬起头，说："那我不说了。"

我的眼泪一颗颗流下来，我想轻轻对男生说，那就别再问了。因为以后，房间里的东西会日益减少，照片不知所终，电视机通宵开着，而一场大雪呼啸而至。

然后你会一直不停地说一个最大的谎言，那就是母亲打电话问，过得怎么样。你说，很好。

我的眼泪不停地掉。

我喜欢你，你喜欢我吗？

我喜欢你，好像我一定会喜欢你一样，好像我出生后就为了等你一样，好像我无论牵挂谁，思念都将坠落在你身边一样。

我一定会喜欢你，就算有些道路是要跪着走完的。

面前的男生笑嘻嘻地对女生说："没关系，我知道你担心什么。是有很多艰难的问题。那么，我带你去北京。"

女生说好。

我想对女生说，别轻易说好。以后他会伤害你，你会哭得让人心疼。然后深夜变得刺痛，马路变得泥泞，城市变得冷漠，重新可以微笑的时候，已经是八年之后。

女生说："你要帮我。"
男生说："好。"
女生说："不要骗我。"
男生说："好。"

青春原来那么容易说好。大家说好，时间说不好。
你们说好，酒吧唱着悲伤的歌，风铃反射路灯的光芒，全世界水汽朦胧。你们说好，这扇门慢慢关闭，而我站在桥上。

怀里有订好的回程机票。
我可以回到这座城市，而时间没有返程的轨道。
我希望有一秒永远停滞，哪怕之后的一生就此消除。眼泪留在眼角，微风抚摸微笑，手掌牵住手指，回顾变为回见。

从此我们定格成一张相片，两场生命组合成相框，漂浮在蓝色的海洋里。

　　纪念 2008 年 4 月 28 日。纪念至今未有妥善交代的 T195 次旅客列车。纪念写着博客的多艳。纪念多艳博客中的自己。纪念博客里孤独死去的女生。纪念苍白的面孔。纪念我喜欢你。纪念无法参加的葬礼。纪念青春里的乘客，和没有返程的旅行。

唯一就等于没有

这个世界上，
没有两个真的能严丝合缝的半圆。
只有自私的灵魂，
在寻找另外一个自私的灵魂。
我错过了多少，
从此在风景秀丽的地方安静地跟自己说，
啊哈，原来你不在这里。

我一直恐惧等错了人。

这种恐惧深入骨髓，在血液里沉睡，深夜频频苏醒，发现明天有副迫不及待的面孔，脚印却永远步伐一致，从身边呼啸而过。

2002 年，和一群志同道合者做活动。活动结束后，大家在路边饭馆聚餐。吃了一半，招牌菜酸汤鱼上来。我眼巴巴地等它转到面前，和我隔三四个座位的女孩 X 放下筷子，说我要走了。

她是大学校花，清秀面庞，简单心灵。男生们纷纷举手叫着，我来送你。X 红着脸，我不要你们送，我要张嘉佳送。

我好不容易夹到一块鱼肉，震惊地抬头，惨烈地说："为什么，凭什么，干什么，我囊中羞涩没有钱打车。"说完后继续埋头苦吃。然后呢？然后再见面在三年之后。

2005年，X打电话来，说想和我吃顿饭。吃饭总是好的，我正好怀抱吃郊区一家火锅的强烈欲望，就带着她打车过去了。她说："一年多在高新区上班，离家特别远，都是某富二代开车一个多钟头来回接送。"我沉默一会儿说："也好，他很有毅力。"X低头，轻声说："一开始坚持坐公交车，但他早上在家门口等，晚上在公司楼下等，坚持了几个月。有次公交车实在挤不上去，我就坐了他的车。"我一边听一边涮羊肉，点头说："上去就下不来了吧。"她什么都没吃，筷子放在面前，小声说："不知道，我不知道。"

吃完了，我摸着肚子，心满意足地出门等出租车。半天没有，寒风飕飕，冻得我直跳脚。X打电话喊车过来接我们，我知道就是富二代的车。车是宝马，人也年轻。虽然不健谈，可是很文静。

X坐在副驾，从后视镜里，我能望见她安静地看着我。我挪到门边，头靠在车窗上。夜渗透玻璃，空调温暖，面孔冰凉。

驶过高架，路灯一列列飞掠。什么都过去了，人还在夜里。

这场景经常出现在梦中，车窗外那些拉大的光芒，像时间长河里倒映的流星，笔直地穿越我的身体，横贯着整场梦。

梦里，可以回到2002年的一次聚餐，刚有女孩跟我说，算了吧。刚有另一个女孩说，送我吧。然后呢？再也没有然后了。

多少年，我们一直信奉，每个人都是一个半圆，而这苍茫世界上，终有另外一个半圆和你严丝合缝，刚好可以拼出完美的圆。

这让我们欣喜，看着孤独的日，守着暗淡的夜，并且要以岁月为马，奔腾到彼岸，找到和你周长、角度、裂口都相互衔接的故事。然后捧着书籍，晒着月光，心想：做怎样的跋山涉水，等怎样的蹉跎时光，都不重要，重要的是对面有谁在等你。

有个朋友的世界观在禽流感暴发那天展示给了我，他依旧在吃鸡，并且毫无畏惧。他说，撞到的概率能有多少，大概跟中彩票特等奖差不多吧。我突然觉得很有道理，如果十几亿人中，只有唯一的半圆跟你合适的话，是命中注定的话，那撞到的概率能有多少，大概跟中彩票特等奖差不多吧。

分母那么浩瀚，分子那么微弱。唯一就等于没有。

这个世界上，没有两个真的能严丝合缝的半圆。只有自私的灵魂，在寻找另外一个自私的灵魂。我错过了多少，从此在风景秀丽的地方安静地跟自己说，啊哈，原来你不在这里。

2012 年，在西安街头，我捧着手机找一家老字号肉夹馍。烈日曝晒，大中午地面温度不下四十摄氏度。我满头大汗，又奔又跑又问人，走了一个多小时，终于头晕目眩，顶不住，瘫倒在树荫下。最后希望出现，旁边饭馆服务员说他认识，带我走几步就抵达。小店门头已换，所以我路过几次都没发现。肉夹馍还未上，严重中暑的我晕厥了过去。晕得很短暂，醒来发现店里乱成一团，伙计想帮我叫车，我无力地拦住他，说："他妈的，让我吃一个再走。"

不能错过那么好的肉夹馍，因为我已经错过更好的东西。

只有最好的爱情，
没有伟大的爱情

你觉得它伟大？
它本身放着光芒，
让你觉得世界明亮，
其实跟黑暗中看不见东西的道理一样，
照耀同样使你看不清四周。

世界上只有三种东西是伟大的。伟大的风景，伟大的食材，和伟大的感情。它们与生俱来，无须雕琢，立地成佛——这也算三观吧。

由于职业使然，会有女生问我，怎么控制男人？我说你的意思是男人有什么缺点，这样容易把握对不对？她说对。

在追寻世界上最伟大的风景与食材的过程中，我四处奔波。其中在西安，接连碰到两位神奇的司机，他们可以解答这个问题。

遇见第一位是在我刚下飞机，奔赴鼓楼的车上。当时忘记调整语系，我用了南京话。司机乐呵呵地问："来旅游的？"我说："对。"他说：

"怎么不买张地图？"我说："反正你认识路，那又何必呢。"司机不吭声了，埋头猛开。几十分钟后，我看手机导航，震惊地发现他在绕路。我喊："师傅，你绕路了吧？"司机恐慌："你怎么知道，你不是没买地图吗？"我喃喃道："可我开着手机导航呀。"司机沮丧地说："难怪哦，后座老是传来什么前方一百米右转、什么靠高架右侧行驶……我说呢。"我比他还要恐慌："师傅你都听到这些了，还绕路？"司机长叹一声："我这不想要赌一把嘛。"

第二位是我在回民街出口，拦了辆三蹦子。三蹦子要价十块，结果他也绕路。绕就绕吧，还斩钉截铁不容我商量："太远了我讲错价格了，应该二十块。"我气急败坏地跳下车，塞给他十块钱说："那我就到这儿！"他踩着车溜掉，我愤愤前进一百米，在路口拐弯，斜刺里冲出一个人大叫："哇哈！"吓得我差点儿一屁股坐地上。定睛一看，是适才的三蹦子司机。我怒吼："你做甚！"司机得意地说："我心里气嘛。"然后扬长而去。

前一位司机说明男人永远都有侥幸心。你常常无法明白他这么选择的理由，事情的主次本来有目标、有结构、有轻重，往往一个忽闪而过的念头，就莫名其妙变成了最大的支撑点。

男人总体讲究逻辑层次，自我规划出牛气冲天的系统，却失败于对待核心内容常常抱着"这不是赌一把嘛"的心态。这就像豁出老命造辆好车，刹车轮胎外壳底盘样样正宗缜密，处处螺丝咬合得天衣无缝。但就是发动机，他还不太清楚会不会转。要是转，开得欢快，要是不转，一摊杂碎儿。或者他就塞个痰盂在里头，赌一把，说不定痰盂也能启动，对吧，启动了就全运作正常了耶。

后一位说明男人永远都有孩子气。女人会在思索他们某些举动的过程中死于脑梗。这位司机师傅在我走一百米的时间里，沿着大楼另外三条边拖车暴奔半公里，掐准钟点气喘吁吁地冲出来咆哮一句"哇哈"，取得让我吓一跳的成绩。投入产出如此不成比例，但我估计很多男人会狂笑着点赞。包括我自己，事后恨不能跟他浮一大白。

男人能在事业轰然倒塌后，面色如旧卷土重来，"鸭梨山大"的情况下置生死于度外。但支持的球队输了也会让他成天吃不下饭，玛丽奥漏了个蘑菇直接掀桌子。就如同宁可用脚捡书十分钟憋得脸紫，也不肯弯下腰几秒钟用手完成。说懒吧，力气花得挺多。说蠢吧，的确还真有点儿蠢。这就是养于娘胎带进棺材的孩子气。

大概这两点各磨损女人的一半耐心，让小主们得出男人无可救药的结论。

就因为各自长着尾巴，握着把柄，优缺点沦为棋子，绞尽脑汁将军，费尽心机翻盘，所以我说，最伟大的感情，一定不包括男女之情。

只要伟大，就不好找。去见莽莽昆仑，天地间奔涌万里雪山。去破一片冰封，南北极卧看昼夜半年。你得做出多大牺牲，多大努力，才迈进大自然珍藏的礼盒内。风景如是，食材亦如是，它孕育在你遍寻不到的地方，甚至行走经过却不自知。

我在胸外科一室的走廊打这些话。父亲躺在病房，上午刚从 ICU 搬出来。心脏搭了五座桥，并且换了心瓣膜，肾功能诊断有些不足。

我在北京出差时，母亲打电话说父亲心肌梗死。母亲在电话里哭，救救你爸爸，千方百计也要救他一条命呀。

托了很多人，请来最好的医生。手术前，医生找我谈话，由于肾功能不全，手术死亡率是别人的五到十倍。虽然朋友事先同我打招呼，医生一定会说得很严重，但这个数字依旧砸得我喘不过气，全身冰凉。

手术的五小时，是我人生中最漫长的五小时。当父亲从手术室送出，推进 ICU，医生说手术顺利，在这件事情中我第二次哭了。

第一次是手术前，我去买东西回来，听见父亲在打电话，打给他以前单位的领导。他说："我退休几年了，这次有个不情之请。如果我这次走了，希望领导能考虑考虑，千万拜托单位，照顾好我的家人。"

我拎着塑料袋站在走廊上，眼泪止不住地掉。

所以我说这是最伟大的感情。唯一世间人人都拥有的伟大。

至于爱情，互相索取讨要平衡你对不起我我对不起你最后还得需要政府发放的红本本来证明的玩意儿，你觉得它伟大？它本身放着光芒，让你觉得世界明亮，其实跟黑暗中看不见东西的道理一样，照耀同样使你看不清四周。它的一切牺牲需要条件，养殖陪护小心呵护，前路后路一一计算。

"这世上有没有奋不顾身的爱情？"

"说得好像你没有经历过二十岁一样。"

嗯，原因是年轻。没有与生俱来，没有无须雕琢，没有立地成佛。

只有最好的爱情，没有伟大的爱情。

所以一切为爱情寻死觅活的人哪，他们只是没在意那三种伟大。去不了，吃不到，最后一种也似乎忘掉。

当然了，写这些的是个男人，所以车架完整油电充足，但发动机可能是个瘪盂。

不只是路过

每个清晨你都必须醒来，
坐上地铁，
路过他们的世界，
人来人往，
坚定地去属于自己的地方。

初中没事去打游戏，街霸前头排得人山人海，我每次都让黄豆去排，自己在旁边猛干赌博机。黄豆个子矮矮，其他没印象。一旦轮到位置，他就疯狂地喊："快快快！"

我撒腿跑过去，投币，发各种绝技。黄豆把脑袋挤在一侧，目不转睛，主要任务是加油叫好。

铜板打完了，伸手问他要，他会准备好两三枚，不舍地交给我。

后来学校流行踢足球，从日薄西山踢到伸手不见五指，过了六七点，拼的不是技术而是眼力，黑乎乎的球在黑乎乎的夜里，一群人大呼小叫："球呢球呢，我 × 不能踢轻点儿啊，估计又踢到沟里去了。"

没人愿意带黄豆玩，他莫名其妙地被所有人嫌弃。这样的同学每个班都有，家境糟糕，衣服脏兮兮，强项是得零分，干什么都落最后，说话结结巴巴语无伦次，常常刚开口对方就避之不及走人了。

他也想去踢球，放学后涨红了脸，问我能不能带他去。我犹豫了一下，看到其他男同学嫌弃的表情，咬咬牙说："走开走开。"

后来他慢慢沉默寡言，跟我说话变少。但他原本就没啥存在感，我也没注意到这个趋势。

过年的时候，天冷外加凑不齐球队，我跑回了街机厅。街机厅里空空荡荡，街霸那个游戏机前站着个小个子，我凑过去一看，是黄豆。

他手边放着高高一摞铜板，笨拙地操纵人物，然而屁的绝技也发不出来，基本上第一关立刻挂。

我说："给我玩玩。"

他涨红了脸，不吭声，也不让位。

我讨个没趣，随便玩玩别的，身上钱不多，不到半小时打光积蓄。我心痒难耐，这太不过瘾了，又凑到黄豆边上，说："给我铜板。"

他不吭声。

我鄙夷地说："小气。"

这时候他突然哭了，眼泪哗啦啦，挂在脸上。

我大惊，赶紧溜走，一边跑回家一边想：他哭什么，莫非输得太惨？太他妈不够意思了，滚蛋，老子也不要理你。到家吃酒酿，突然想起来，那天我说"走开走开"的时候，他的眼神很绝望。

开学他没出现，据说家里觉得他读书没搞头，零分堆积，还不如早点儿退学做生意。然后，他从此消失在我的人生里，一直到长相模糊，只剩在我耳边加油叫好的喊声，以及那绝望的眼神。

高考碰到世界杯，考砸了，只能复读。没继续在市中，家里把我搞到一个小镇的高三班，因为父亲是小镇的镇长，寄希望老师能对我尽职一些。对这个变化我很兴奋，认为能在小镇作威作福，比如调戏良家妇女，踢翻小贩摊位什么的，带着一群小伙伴横行霸道。

这群小伙伴里，有个叫作蛤蟆。蛤蟆长得满脸憨厚，眼睛小而猥琐。本来相安无事，偏偏他有个毛病，明明每次都不及格，做题目的时候却喜欢哼歌。比如：sin 不该让 cos 流泪，至少我尽力而为……我的眼里只有你，只有 S 极指向 N 极……你的柔情我永远不懂，我无法把 CO_2 变成 H_2O……

日复一日，在模拟考试中，终于，我在"加 50 毫升 ____ 水"中的空格里，填了"忘情水"。

他妈的。

我们一群小伙伴，每天吃吃喝喝，骑着摩托车去城区泡吧，穿越在两侧布满稻田的马路上，穿越在青春的清晨和深夜里。

我们轮流请吃饭，轮到蛤蟆的那天，他没来上课，我说算了我请。

又转了一轮，轮到蛤蟆的那天，他没来上课，我说算了我请。

再转一轮，轮到蛤蟆的那天前，我怒气冲天，问他："还要不要做小伙伴了？"

结果次日他依旧没来，据说又是家里觉得他读书没搞头，与其不及格，还不如早点儿回去做生意。

唉，农村学生真惨烈。

1999 年高考，考完最后一科，我晕头转向地走出教室，有人冲过来，我一看是蛤蟆。

他大概在考场外等了很久，欲言又止，交给我一封信，就离开了。

他的信语法不通，一塌糊涂。我记得曾经有次考试，作文命题是余光中的一首诗，写读后感。

蛤蟆苦思冥想，写下作文题目：真是一首好诗！

他的全文格式如下，抄一句诗，后面跟一句"真好"。再抄一句诗，后面跟一句"真棒"。如此反复。

他居然还写信。

这封信我保留至今，信里写：

我家里很穷，我很想请大家吃一顿好的，可是我家里真的很穷，学费还欠着一些，爸爸说等麦子熟了，留几袋，再杀一头猪，就能还清学费。我说，爸爸，都不去学校了，干吗还要还学费。爸爸说，这个是欠的，就算书不念，欠的也得还。张嘉佳，我特别想请你吃一顿好的，特别好的那种，哪怕是肯德基，贵成那样我还是会请你。我不是坏人，无论我请不请你吃，你将来一定会很优秀，成为伟大的作家。等麦子熟了，我会偷偷留一袋，卖掉请你吃饭。

我保留这封信，可是他也消失在我的人生里。我去过那座小镇，但无法联系上他。估计去外省打工了吧。

这些人，原本会是我最好的朋友，可我把他们弄丢在路上。

我快记不清楚他们的模样。

我学会珍惜了。

这些年，我参加挚友的婚礼。奔波到外地，看他或者她满面幸福，在众人注视中走过红毯，我都忍不住想掉眼泪。

无论遥远或者艰难，我也要努力在现场。

每个清晨你都必须醒来，坐上地铁，路过他们的世界，人来人往，坚定地去属于自己的地方。

我们坐着地铁，到了各自站台，得去换乘属于自己的那一列。

可是人生重要的日子就几个，我将尽力去到那特殊的几站，在你的视线里，对着你挥挥手大声喊："他妈的太棒啦，你要过得很好啊你这个王八蛋！"

除了你的爱人和父母，还有一些人，因为你欢乐而笑开怀，因为你难过而掉眼泪。

我的时间很多，可是就算少一天，我还是会舍不得。我的朋友很多，可是就算少一个，我还是会舍不得。

写在三十三岁生日

故事开头总是这样，
适逢其会，猝不及防。
故事的结局总是这样，
花开两朵，天各一方。

经历绝望的事情多了，反而看出了希望。

我有个朋友陈末，脾气很糟糕，蠢得无药可救，一天掉过三次家门钥匙。他索性把备用钥匙放在对面有点儿交情的邻居家，每天兴高采烈地出门去。

他出差回来，下午高温三十七摄氏度，喘着粗气汗流浃背地走进家门：里头满满当当坐满十几号人。三台空调全开，三台电视全开，三台电脑全开，小孩子裹着被子吃冰激凌，老头儿老太穿着毛衣打麻将。邻居太太正在推窗说："透透气，中和一下冷气。"邻居看见陈末迈进门，脸色刷白，一边骂太太，一边扯小孩，一边笑着打招呼："那啥，太热了，我家空调漏水……"

第二天，陈末装了指纹锁，再也不用带钥匙。

既然老是丢钥匙，怎么都改不过来，那就一定有不需要带钥匙的办法。

陈末是三十二岁离婚的。他想，幸福丢掉了。每天靠伏特加度过，三个月胖了二十斤，没有告诉任何人。朋友们也不敢问，不知道发生了什么事，只是陪他坐在酒吧里，插科打诨说着一切无聊的话题，看夜晚渗透到眼神。

免不了难过。

难过是因为舍不得。舍不得就不愿意倾诉，连一句安慰都不想听到。身处喧嚣，皮肤以内是沉默的。

既然老是难过，怎么都快乐不起来，那就一定有不恐惧难过的办法。

喝了好几天，他发现卡里怎么还有钱。想了想，我是三十二岁的男人，到了今天钱如果一个人花的话，是很难花完的。可以坐头等舱了，可以买衣服不看价钱了，可以随意安排时间了，可以没事住酒店尿床也不用洗了，可以把隔壁那桌姑娘的账单一起付了。

他背上包裹，开始中断了好几年的旅行。三十二到三十三岁，机票和火车票加起来一共三百张。

难过的时候，去哪里天空都挂着泪水。

在越南的一座小寺庙，陈末认识了胸口挂着 5D2（一款相机的型号）的老王。老王住在河内的一家小客舍已经四十几天，每天胡乱游荡。他说以前在这里度的蜜月，后来离婚了，他重新来这里不是为了纪念，是要等一个开酒吧的法国佬。

当初他带着太太，去法国佬的酒吧，结果法国佬喝多了，用法语说他是亚洲标准丑男。他懂法语，听见了就想动手，被太太一把拽住，说别人讲什么没关系，我喜欢你就可以了。

两年后离婚了，他痛苦万分，走不出来，来到河内这条街，心里一个愿望非常强烈，要跟那个法国佬打一架。

但他尝试几次，都没有勇气，一拖拖了两个月。

陈末跟老王大醉一场，埋伏在酒吧外头，等客人散尽已经是凌晨，法国佬跌跌撞撞地出门。陈末和老王互相看一眼，发一声喊，冲上去跟法国佬缠斗。

几个老外在旁边呐喊加油，三个人都鼻青脸肿，打到十几回合，只能滚在地上你揪揪我裤子，我捶捶你屁股，也没人报警。

法国佬气喘吁吁地说了几句，在地上跟老王握了握手，艰难地爬起来，和围观的老外嘻嘻哈哈地走了。

陈末问老王："那孙子说啥子？"

老王奄奄一息，说："他记得我，他认为我现在变帅了，但总体而言还是属于丑的，为了表示同情，去他酒吧喝酒打折。"

陈末说："他大爷的。"

老王看着太阳从电线杆露出头，一边哭一边笑，说："我可以回国了。"

陈末说："回国干吗呢？"

老王说："我想过了，去他妈的总监助理，老子要卖掉房子，接上父母，一起回江西买个平房，住到他们魂牵梦萦的老家去。我就是喜欢摄影，老子现在拍拍照就能养活自己，我为什么要做自己不喜欢的事情？我今年三十六，离过婚，父母过得很好，我为什么还要做自己不喜欢的事情？"

老王说："我爱过她，就是永远爱过她。以后我会爱上别人，但我的世界会更加完整，可以住得下另外一个人。"

我们曾经都有些梦想居住的地方。比如，在依旧有炊烟的村庄，山水亮丽得如同梦里的笑容，每条小路清秀得像一句诗歌。或者在矮檐翘瓦的小镇，清早老人拆下木门，傍晚河水倒映着灯笼。或者在海边架起的小木屋，白天浩瀚的蔚蓝，晚上欢腾的篝火，在柔滑的沙滩发呆。或者在阳光跳跃的草原，躺下自己就是一片湖。

陈末喝醉时，写过两句话：故事开头总是这样，适逢其会，猝不及防。故事的结局总是这样，花开两朵，天各一方。

原本你是想去找一个人的影子，在歌曲的间奏里，在无限的广阔里，在四季的缝隙里，在城市的黄昏里。结果脚印越来越远，河岸越来越近，然后看到，那些时刻在记忆中闪烁的影子，其实是自己的。

与其怀念，不如向往，与其向往，不如该放就放去远方。

难过的时候，去哪里天空都挂着泪水。

后来发现，因为这样，所以天空格外明亮。明亮到可以看见自己。

过自己想要的生活。

过自己想要的生活，上帝会让你付出代价。

照顾好自己，爱自己才能爱好别人。如果你压抑，痛苦，忧伤，不自由，又怎么可能在心里腾出温暖的房间，让重要的人住在里面。如果一颗心千疮百孔，住在里面的人就会被雨水打湿。

你千辛万苦地改变，觉得要去适应这个世界。因为怜悯自己偷偷留下的一小部分，在抵达美丽的地方后发现，那一部分终于重新生长。生长到热烈而宁静，毫无恐惧。

过自己想要的生活，上帝会让你付出代价，但最后，这个完整的自己，就是上帝还给你的利息。

在空闲的时候，我和大家说睡前故事，从来不想告诉你解决问题的办法，只是告诉你活着会有这些问题。

而这些问题，我们都会找到解决的办法，每个人都不同，所以不需要别人的教导。只需要时间，它像永不停歇的浪潮，在你不经意的一天，把你推上豁然开朗的海阔天空。

陈末就是我自己。因为沉默。

因为我执意，因为我舍不得，因为看到太多绝望，所以反而看出了希望。

哪怕花开两朵，也总要天各一方，感谢三十二岁男人失去的世界，才有三十三岁男人看见的世界。

写在三十三岁生日。并祝自己生日快乐。

这本书从三十二岁写到三十三岁，从已婚写到离异，从少年的天空写到孤独者的陆地，几乎写完了过往十几年的人生。

写着写着，它陪伴千千万万人难眠的夜晚，像一个你不经意会收听到的电台，而我很荣幸和你一起走过这段旅程。

不知道后来你去了哪里，希望有机会再次敲开你的门，说："嘿，天气不错，出发吧。"

某年某日，我背着包徒步，碰到一个陌生人。他说，包太重，里边好多酒，萍水相逢也是缘分，不如喝了吧。

喝到天黑，我酒量不好，倒了，睡在路边。醒来他已经走了。

孤身一人，梅茜陪在身边，我待了很久，身上脸上头发上许多露水。

我一直不想起身，整整一宿。梅茜把它脑袋搁在我大腿上，一动也不动。它也沉默了一宿，只是会偶尔抬头看看我。

我觉得很难过。

然后天亮了。

然后我们就继续往前走。

无论你想留在哪一天，天总会亮的。

都要储存起来。在轨道尽头，一人一只耳机听到的音乐。在盛夏夜晚，顺着你的脸颊流淌到我肩膀的月光。雨水打破灯光，等待拥抱睡眠。而时间漫过鹅卵石，就快淹没我们的影子。那么都要储存起来，就算杳无音信，也能离线收听。

我从一些人的世界路过，一些人从我的世界路过。我们都在忙碌着自己的生活，角落里有抽泣声传来，可是我们也只能匆匆往前走着，说一声"对不起，没有办法帮到你"。

生生死死无时无刻不在发生。但路过的时候，依旧痛苦万分。

我只是个好吃懒做的普通人，唯一可以做的，就是在我的文字里，都有美丽，都有希望，挂满泪水的脸一定能找到微笑的理由。

我们都是普通人，我们距离坚强很远，我们终究敏感脆弱，可我们坚信我们是会找到出路的。

对此永不怀疑。

终点

Destination

当你读到最后的几页，要说一声谢谢，谢谢你能陪伴我。这些年，这些文字承载了许多争议，几乎就是我全部的青春和往事。人们没有义务用一个作者的人生，去印证那些悲欢离合所具备的力量，只有读者会。

在我写作时，是如此孤独。

1

在我写作时，是如此孤独。

几篇小说中，都突然出现一个小女孩，小小的年纪，大大的双眼，不停奔跑，手里攥着微弱的希望。因为我渴望有这样的女儿，从十年前失败的婚姻开始，我就深深渴望。

大学毕业，给电视台打零工，稿费扔进了一家名叫"天堂隔壁"的酒吧。

民谣歌手弹着吉他，少年缩在角落喝酒。当然有梦想，自以为是，不可一世，拒绝面目模糊地活着。

母亲担心我的收入，我骗她说，自己是公务员，任职于电力局。而母亲居然相信了，从此不闻不问。

有天加班到深夜，我手机响了，合作很久的女孩打来的。她比我大四岁，约我在青岛路的酒吧，问了一个问题。

她问，如果喜欢一个人，应该告诉他吗？

回答完这个问题，半年后我们一起去了北京。我们应该可以找到期盼的生活，完成一件件了不起的事情。

通过朋友介绍，我去了央视一档很火的节目工作。等到领导认可我的能力，打算正式聘用之际，女孩收拾行李，离开了北京。

离开那天，冬季清晨，我跟随着她，心中巨大的恐惧，控制不住号啕大哭，我知道我要失去她了，一辈子的那种。

也许在骗自己，更凄惨一点，完全失去颜面，说不定她就会留下来。

她牵着我的手，穿过上班的行人，把我向着那栋公寓往回带。沿路我依然哭得无比狼狈，下巴能感觉到自己冰冷的眼泪，浑身虚脱，像一具少年的尸体，被人拖向墓地。

走到楼下，她亲了我的脸颊，说，箱子还在路边，得赶紧走了，你好好的。

那栋公寓是中国传媒大学北边的动力街区，我每天上班要叫一辆三轮车，颠到地铁站，挤进熙熙攘攘的人群，途经十几站，换公交，抵达位于西三环的办公室。

次日我去上班，跟领导说，以后可能不来了。领导没有问原因，在会议室面对着我，沉默很久，说，以后有机会再合作。

北京鹅毛大雪，我跟自己说，要活下去。离开的人不知道，那天医院通知我，需要手术。我走进医院，领走药品，拒绝了手术。

医生问，为什么？

我说，没有钱。

深一脚浅一脚，踩着积雪，我徒步回公寓，走了一夜。接下来半年，几乎没有出过房间。以前的租客在 DVD 影碟机里留了一张碟，陈勋奇和曹颖主演的，空手道题材。我躺在床上，电视机一直开着，这张碟反复播放，全剧放完一遍，我就用小刀在床头柜刻一道。一共刻了一百六十道，密密麻麻。

我不明白，为什么先走进的人，可以先离开。我花了很长的时间，才理解了她的痛苦和悲伤。她比我更难受，而我更无能，更脆弱。

那张刻满刀痕的柜子，我扔掉了。

那年我二十三岁。二十三岁的故事，叫作《青春里没有返程的旅行》。小说横跨好几年，出现过另外的人物，钟多艳，我没有见过她，只知道她是我的读者，在火车事故中去世。

而那列火车，是她来看望我的路途中的一站。

突如其来的死亡，仿佛切断青春的一列火车，行驶在无边无际的夜晚。

我等不到消失的爱人，也等不到素未谋面的朋友，和北京动力街区的那条道路一样，永远走不到尽头了。

多艳的博客飘浮在网络，网友们纷纷悼念。我打开过一次，再也没有勇气进入。她的博客有一段，写的是，张嘉佳，你要加油。

曾经一个女孩松开我的手，要去寻找行李，寻找另外一种人生，离开时最后说的话，也是这句，张嘉佳，你要加油。

空无一人的山顶，我喝醉过，心想，多么多么爱你。

2

1998 年复读，在小镇的高中。班长是个女生，成绩很好，辅导过我功课，也请我吃过饭。我踩着自行车，带着她去十几公里外的市区，在河边吃冰棍，在树荫下讲笑话。但大学我们没有考到同一座城市，渐渐联系变少。

我喜欢的另一个女孩，确诊白血病，去世之前寄给我一封信。
那封信我压在枕头底下，没有打开。

直到有一天，高中的班长打电话，后半夜的宿舍一片寂静，她在电话里低声抽泣，张嘉佳，你是不是从来没有喜欢过我。
我说，嗯。

我挂了电话，打开那封信，里面包着存折，一千五百元。她随父母出国治疗前，对我说，少抽烟，实在戒不掉，就抽好一点的，对身体伤害也少一点。我说，没钱。她说，我给你寄。

我经常想起，女孩躺在白色的病床上，看着窗外那棵树发呆。

在梦里，我变成那片树叶，静静地望着她。

那年我十九岁。十九岁的故事，叫作《初恋是一个人的兵荒马乱》。小说里没有那条河，它在南通市，街区中心，绿树环绕，入夜倒映着两岸辉煌的灯火。

男生女生坐在河边，吃着冰棍，笑嘻嘻地说，以后我们考同一所大学吧？

3

2011 年岁末，北京大雪，工体南侧的公寓，我住了一个多月，给电视台写台本。去楼下买烟，接到电话，是一位阿姨的声音。

她说，她是一位母亲，她的儿子，和我的太太有些问题，该怎么处理。

她的措辞很激烈，我无言以对，最后说了一句，阿姨你别这么说她，如果未来她成为你的儿媳妇呢？

那么伤心难过的我，说了那么一句充满喜剧色彩的话，深冬的北方大雪被风席卷着，如同满世界打上了马赛克，懦弱和卑微蔓延成一片空白。

2012 年初，南京，领了离婚证，我记得是太太开车，开往民政局，中途突然方向盘一拐，车停靠路边。我问，怎么了。她脸上挂满眼泪，把头埋进臂弯，声音压抑而颤抖，说，为什么会走到这一步。

失败的婚姻，只有表面上的对错，而当事人是知道的，里面布满了细细密密的裂痕。

2012 年 5 月 2 日，我发了一条微博：夜如此深，因为你安眠在我黑色的眼珠里。一旦睁眼，你就天明，走进街道，走进城市，走进人来人往，走进别人的曾经，一步一个月份，永不叫停。我愿成为瞎子，从此我们都没有光明。我无法行走，你无法苏醒。

2012 年 5 月 24 日，我发了一条微博：你们幸福就好。只一句，永不复提。

两个永不，都没有实现。第一个永不，我试图逃避。第二个永不，我试图面对。当我能写下这场大雪，就已经彻底离开了 2012 年。

读者们过了很久，才发现，这王八蛋离婚了。

过了很久，当年和我一起写台本的同事说，他在楼上阳台，看见我在楼下接电话，站那儿一动不动，几乎成了雪人。

原来那天我站了三个小时，难怪买到烟的时候，全身已经湿透。

雪从来没有停过啊，从动力街区飘荡到三里屯，日复一日，覆盖许多年。

那年我三十二岁，写不了自己的故事，那通电话，幻化在其他人物身上，小说叫作《暴走萝莉的传说》。

小说中我是旁观者，旁观了自己的 2012 年。

4

2005 年，花光最后一分钱，跟合租的哥们儿缴不起电费，两个人商量如何谋生。收音机播着许美静的歌，他咂咂嘴，说，不如去电台试试。

或许电台的领导依稀还记得，十几年前有两个智障，潜入他的办公室，郑重地说，给个机会吧。

领导说，你们为什么要来电台工作？

我们相视一眼，异口同声地说，赚钱。

被赶走后，路过主持人们的办公区，顺走了一瓶药。那瓶药旁边，散乱着几盒烟，从桌上有面镜子判断，应该是女生的。

没有预料到，过了半年，在朋友的饭局遇到这名女生。她抽烟，酒精过敏依然喝酒，喜欢微笑，体弱多病，敏感纤弱，却又强大到救起了另一名抑郁症患者。

她叫幺鸡，又叫小玉。我把她拆成了两个人物，写成了两篇小说。

身无分文的我被小玉收留，酗酒潦倒，跟废物没什么区别。小玉身为电台主持人，在穷困这个方面丝毫不比我逊色，幸亏早年买了套小小的公寓，能留个沙发给我混日子。

我深夜高烧，小玉翻箱倒柜，钢镚都找不出来，我意识模糊，听到她打电话借钱。

她扶着我去医院挂水，用借来的钱付的费用。

一年后，我挣扎着爬出泥沼，慢慢有了收入，小玉笑着说，她要统计一下数目，欠她的该还要还。我说，好啊。

其实我们都知道，她是不用还的，我是还不起的。

拖着行李箱离开她家，轮子磕绊楼梯，我回头说，你要好好的。

小玉说，快走，不然我要哭了。

母亲掏首付，我买了套房，朋友们经常来聚会。幺鸡和以前没变化，抱腿坐在沙发上，捧着酒杯傻笑。

她的酒精过敏越来越严重，买了个杯子带到我家，说以后只喝茶，杯子不能给别人用，不在的时候就藏起来，藏进我找不到的地方。

2008 年，我们不再联系。

我遇到了一个女孩，走进婚姻。

初次见面，她来南京旅行。她穿着长裙，眯着眼笑，招手说，再见啦，然后回了武汉。过了半月，我到武汉，约她吃饭。

她喝了一杯葡萄酒，微红的脸，搁在臂弯。她似乎瞄了我一眼，我说，明天走了。

她说，嗯。

我说，送你一个礼物好不好。

她说，好。

我递给她一枚地铁票，说，这是从南京带过来的，希望你用得着。

再过半个月，她出现在南京火车站，身后大大的行李箱，穿着长裙，眯着眼笑，手里有一枚地铁票。

离婚后，收拾房间，在壁橱拽出一条破旧的被单，一抖，哐啷掉出一个杯子。

是幺鸡的杯子。

有一天，她捧着一杯热水，靠在阳台，说，张嘉佳，将来你结婚了，喜欢儿子还是女儿？

我说，女儿吧，鬼精灵鬼精灵的女儿。

她说，那就肯定不是我这种。

我说，为什么。

她的眼泪掉进水杯，侧过脸，不让我看见，说，因为我不快乐。

幺鸡的杯子，原来藏在这里。

幺鸡和小玉是同一个人，2005年我路过主持人的办公桌，随手拿走一瓶药。2004年我吃这种药接近一年，西酞普兰，抗抑郁用。

那张办公桌，是小玉的，也是幺鸡的。

后来，在一部电影里，陈末和马力其实也是同一个人，只不过一个三十三岁，一个二十六岁。三十三岁的，除了自己热爱的生活，没什么在乎的了。二十六岁的，除了自己热爱的人，没什么在乎的了。

有人心心念念，有人心不在焉，转眼好几年。

世事如书，偏爱你这一句，愿做个逗号，留在你的脚边。

从你的全世界路过，翻山越岭，才翻到末篇，希望有个如你一般的人，入夜安眠。

5

在我写作时，是如此孤独。

就像山野开出花时，栽它的孩童不知去了何方。云彩之间互不告别，第二天就是他乡。描绘着心底的痕迹，一步步落入谷底，又一步步回到原地。

留下开去往事的轨道，对我来说，就是写小说的意义。

我收藏着一封信，在各个城市迁徙，没有弄丢它。信封内一个存折，一张信纸。信纸最后一段是这么写的：

希望和悲伤，都是一缕光。我爱你，你要记得我。

这篇文字，是《从你的全世界路过》最后的一段，迟到六年。

这篇文字，对《从你的全世界路过》读者以外的人，毫无价值。

从 2013 年开始，几千万人陆陆续续读过，而它也许还会留存在某个角落，被好奇的人们捡起。那么这最后一段，希望能让人们知道，它不是小说，是一个自卑而孤独的人乘坐的列车，车顶大雪静谧，车内年轻人安然醉倒。

如果有机会，请你喝一杯酒，在列车轰鸣声中，飞驰进无边无际的夜晚。

愿人们沉睡时纷纷梦见永不落地的星辰，愿人们喝醉时纷纷想起年少曾读过的诗篇。

这里，从你的全世界路过，结束了。

这里，就是终点。

全文完

图书在版编目（CIP）数据

从你的全世界路过 / 张嘉佳著. — 修订本. —长
沙：湖南文艺出版社，2019.7（2024.2 重印）
ISBN 978-7-5404-9194-9

Ⅰ. ①从… Ⅱ. ①张… Ⅲ. ①短篇小说—小说集—中
国—当代 Ⅳ. ① I247.7

中国版本图书馆 CIP 数据核字（2019）第 071070 号

上架建议：畅销·小说

CONG NI DE QUAN SHIJIE LUGUO
从你的全世界路过

作　　者：张嘉佳
出 版 人：陈新文
责任编辑：薛　健　刘诗哲
监　　制：毛闽峰　李　娜
特约监制：刘　霁
特约策划：由　宾　李　颖
特约文案：孙　鹤
营销编辑：霍　静　吴　思　刘　珣
封面设计：好谢翔
版式设计：利　锐
书籍插图：舒　然
出版发行：湖南文艺出版社
　　　　　（长沙市雨花区东二环一段 508 号　邮编：410014）
网　　址：www.hnwy.net
印　　刷：三河市兴博印务有限公司
经　　销：新华书店
开　　本：875mm × 1230mm　1/32
字　　数：231 千字
印　　张：10.5
版　　次：2019 年 7 月第 1 版
印　　次：2024 年 2 月第 12 次印刷
书　　号：ISBN 978-7-5404-9194-9
定　　价：45.00 元

若有质量问题，请致电质量监督电话：010-59096394
团购电话：010-59320018